EVERREST

1375

Yayın No 1375
Resimli Hikâyeler 4

Küçük Prens
Antoine de Saint-Exupéry

Fransızca aslından çeviren: Selim İleri
Yayına hazırlayan: Çiğdem Uğurlu
Kapak ve sayfa tasarımı: Yavuz Karakaş
Resimler: Antoine de Saint-Exupéry

1. Basım: Ocak 2015

ISBN: 978-605-141-833-9
Sertifika No: 10905

Baskı ve Cilt: Melisa Matbaacılık
Matbaa Sertifika No: 12088
Çiftehavuzlar Yolu Acar Sanayi Sitesi No: 8
Bayrampaşa/İstanbul
Tel: (0212) 674 97 23 Faks: (0212) 674 97 29

EVEREST YAYINLARI
Ticarethane Sokak No: 15, 34410 Cağaloğlu/İSTANBUL
Tel: (212) 513 34 20-21 Faks: (212) 512 33 76
e-posta: info@everestyayinlari.com
www.everestyayinlari.com
www.twitter.com/everestkitap

ANTOINE DE SAINT-EXUPÉRY

Küçük Prens

Türkçesi ve Sonsöz

SELİM İLERİ

§

Küçük Prens

LEON WERTH'e

Bu kitabı kocaman bir adama adadığım için çocuklardan beni bağışlamalarını istiyorum. Önemli bir özrüm var: bu koca adam, benim yeryüzündeki en iyi dostumdur. Bir başka özrüm de var: bu koca adam her şeyi anlayabilir, çocuklar için yazılmış kitapları bile. Üçüncü bir özrüm daha var: bu koca adam Fransa'da yaşıyor, hem aç, hem üşüyor. Enikonu ihtiyacı var avutulmaya. Bütün bu özürler yetmezse, ben de bu kitabı gönül rahatlığıyla o koca adamın çocukluğuna adarım. Bütün büyük insanlar eskiden çocuktular (Ama aralarından pek azı anımsar çocukluğunu). Öyleyse adak yazımı düzelteyim:

Çocukluk Günlerinin

LEON WERTH'i için

— 1 —

Yıllar önce, altı yaşındayken, Balta Girmemiş Ormanlar'ı anlatan "Yaşanmış Öyküler" adlı bir kitapta göz kamaştırıcı bir resim görmüştüm. Yırtıcı bir hayvanı yutan bir boa yılanını gösteriyordu bu. İşte kopyası resmin.

Şöyle deniyordu kitapta: "Boa yılanları avlarının tümünü, hiç çiğnemeksizin yutarlar. Ondan sonra kıpırdayamazlar artık ve sindirimleri için altı ay boyunca uyurlar."

O zaman cangıllardaki serüvenler üzerine uzun uzadıya düşündüm, sonunda boyalı bir kalemle ilk resim çalışmamı yapmayı başardım. 1 numaralı resmim. Şöyleydi o:

Başyapıtımı büyüklere gösterdim, resmimden korkup korkmadıklarını sordum.

Yanıtladılar beni: "Kim korkar bir şapkadan!"

Resmim bir şapkayı göstermiyordu ki. Bir fili sindiren bir boa yılanını gösteriyordu. O zaman boa yılanının içini çizdim, büyükler işin içinden çıkabilsinler diye. Onlara her şeyi tek tek açıklamak gerekir. 2 numaralı resmim şöyleydi:

Büyükler, boa yılanlarının içini ya da dışını gösteren resimleri bir köşeye bırakıp coğrafya, tarih, toplama-çıkarma ve dilbilgisiyle ilgilenmem için kulağımı büktüler. İster istemez, altı yaşındayken uzaklaşmak zorunda kaldım resim sanatına olağanüstü yatkınlığımdan. 1 ve 2 numaralı resimlerimin başarısızlığı umutsuzluğa sürüklemişti beni. Büyükler hiçbir şeyi tek başlarına anlayamazlar, çocukların durup dinlenmeksizin açıklama yapması da yorucu oluyor.

Başka bir iş seçmek zorunda kaldım ve sonunda uçak sürücülüğünü öğrendim. Dünyanın her yöresinde azıcık uçtum. Ve coğrafya, gerçekten, çok yardımcı oldu bana. İlk göz atışta, Çin midir yoksa Arizona mıdır, ayırt etmeyi öğrendim. Geceleyin yanlış yolda uçunca çok yararlı oluyor bu.

Yaşantım boyunca bir yığın önemli adamla bir yığın ilişki kurdum. Çok yaşadım büyüklerin yanında. Pek yakından gördüm onları. Görüşlerimde pek bir iyimserlik belirmedi ama.

Şöyle anlayışlı birine rastladım mıydı, hep yanımda taşıdığım 1 numaralı resmimle deneyiveriyordum onu. Gerçekten kavrayışlı biri olup olmadığını öğrenmek istiyordum. Ama her defasında yanıtlıyordu: "Bir şapka." O zaman ne boa yılanlarından, ne balta girmemiş ormanlardan, ne de yıldızlardan söz ediyordum; özdeşlik kuruyordum onunla. Briçten, golften, politikadan, boyun bağlarından konuşuyordum. Ve karşımdaki koca adam, böylesine aklı başında biriyle tanıştığına iyice seviniyordu.

— 2 —

Sonunda, altı yıl önce uçağım Büyük Sahra Çölü'nde durup dururken bozuluncaya dek, gönlümce konuşabileceğim kimselere rastlamadan yapayalnız yaşadım. Bir şey kırılmıştı motorda. Ne makinist vardı yanımda, ne de yolcu; güç bir onarımı tek başıma göğüsleyecektim. Benim için bir ölüm kalım sorunuydu bu. Sekiz gün yetecek kadar suyum vardı.

Bütün konak yerlerinden bin mil uzakta, kumda uyudum ilk akşam. Okyanus ortasında bir sal ile başbaşa kalmış gemiciden de yalnızdım. Gündoğumunda ince, hoş bir sesle uyanınca nasıl şaşırdığımı düşünün artık! Şöyle diyordu:

"Ne olur... bir koyun çiz bana!"

"Efendim!"

"Bir koyun çiz bana..."

Yıldırım çarpmışçasına ayağa fırladım. Gözlerime inanamıyordum. Dört bir yanıma iyice bakındım. Ağırbaşlılıkla beni süzen olağanüstü bir adamcıkla karşılaştım.

İşte onun, sonradan yapabildiğim kadarıyla en güzel portresi. Ama benim resmim, yüzde yüz, gerçeğinden çok daha az gönül çelici. Suç benim değil. Daha altı ya-

İşte onun, sonradan yapabildiğim kadarıyla en güzel portresi.

şındayken, büyükler, resim sanatına olan yatkınlığımdan caydırmışlardı beni; kapalı boalarla açık boaların dışında bir şey çizmeyi de öğrenemedim.

Gözlerim oyuklarından fırlamış, bu düş kişisine bakıyordum. Unutmayın ki, bütün konak yerlerinden bin mil uzakta bulunuyordum. Oysa bizim adamcık ne yolunu yitirmişe benziyordu, ne ölesiye yorgun düşmüşe, ne ölesiye aç kalmışa, ne susuzluktan ölmüşe, ne de korkudan ödü patlamışa. Bütün konak yerlerinden bin mil uzakta, çöl ortasında kaybolmuş bir çocuğa hiç benzemiyordu. Konuşabilecek duruma gelince, şöyle dedim ona:

"Peki ama... ne yapıyorsun burada sen?"

O zaman, iyice alçak sesle, çok önemli bir şey söylüyormuş gibi yineledi:

"Ne olur... bir koyun çiz bana..."

Gizemli çekicilik sarıp sarmaladı mıydı, karşı koyulmaz artık. Bütün yerleşme koşullarından bin mil uzakta, ölüm korkusuyla başbaşayken yaptığım bir çılgınlıktı ya, cebimden bir parça kâğıtla bir dolmakalem çıkardım. Ama o an yıllar yılı coğrafya, tarih, toplama-çıkarma ve dilbilgisi çalıştığımı anımsadım; küçük adamcığa -biraz da tatsızlık edip- resim çizmesini bilmediğimi söyledim. Yanıtladı beni:

"Ne zararı var. Sen bana bir koyun çiz."

Yaşantım boyunca hiç koyun çizmediğimden, ona, becerebildiğim iki resimden birini yaptım. Boanın dıştan görünüşüydü bu. Küçük adamcığın bana söyledikleri karşısında dilim tutuldu:

"Hayır! Hayır! Bir boanın yuttuğu fili istemiyorum ben. Bir boa yılanı tehlikelidir, bir fil de çok yer kaplar. Oturduğum yer daracık. Bir koyunum olsun istiyorum. Sen bir koyun çiz bana."

Ben de çizdim.

İyice gözden geçirdi, sonra,

"Olmadı," dedi. "Daha şimdiden hasta bu. Bir başkasını yap."

İncelikle, hoşgörüyle gülümsedi dostum:

"Sen de görüyorsun... koyun değil bu, bir koç. Boynuzları var..."

Yeniden çizdim.

Ama ötekiler gibi bunu da beğenmedi:

"Bu da çok yaşlı. Uzun süre yaşayabilecek bir koyun istiyorum."

Canım sıkılmaya başlamıştı artık, üstelik motoru onarmaya başlamalıydım, aşağıdaki resmi çiziktiriverdim.

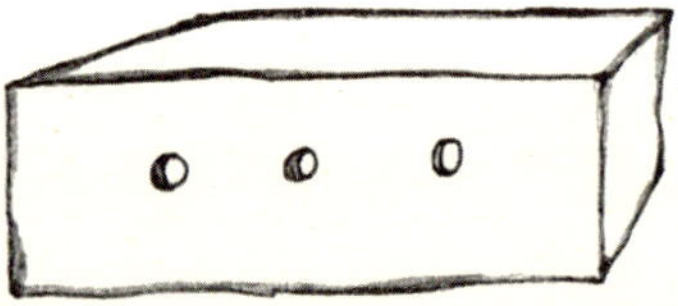

Şunları ekledim sonra da:

"Bir sandık işte. İstediğin koyun içinde."

Küçük eleştirmenimin yüzü birden aydınlanınca şaşırmıştım doğrusu:

"Tam istediğim gibi oldu! Bu koyun çok ot yer mi, ne dersin?"

"Niçin sordun?"

"Çünkü bizim oraları çok küçüktür..."

"Ona yetecek kadarı bulunur. Ufacık bir koyun verdim sana."

Resimden yana çevirdi başını:

"Pek de ufak olmamalı... Bak! Uyumuş..."

İşte böyle tanışmıştım Küçük Prens'le.

— 3 —

Nereden geldiğini anlayabilmem için uzun zaman gerekti. Bana durmaksızın soru soran Küçük Prens, benimkileri duymazdan geliyordu. Bölük pörçük, gelişigüzel söylediği sözler yavaş yavaş gerçeği aydınlattı. Örnekse, ilk kez uçağımı gördüğünde -uçağımın resmini çizmeyeceğim, üstesinden gelemeyeceğim kadar karışık bir resim bu- şunu sormuştu bana:

"Ne biçim şey bu?"

" 'Şey' değil bu. Uçar. Bir uçak. Benim uçağım."

Uçabildiğimi öğrenmesinden övünç duyuyordum. Haykırıverdi o zaman;

"Ne diyorsun! Gökten düştün öyleyse!"

"Evet..." dedim alçakgönüllü bir tutumla.

"Ya, pek garip doğrusu!.."

Ve Küçük Prens'in bundan sonra attığı o güzelim kahkaha beni epey kızdırmıştı. Başıma gelenlerin paylaşılmasını isterim ben. Ardından ekleyivermişti:

"Öyleyse, sen de gökyüzünden geliyorsun! Hangi gezegendensin?"

Sonunda, varlığının gizemini aydınlatacak kör bir ışık yakalamıştım; hemen sordum:

"Sen başka bir gezegenden mi geliyorsun?"

Ama yanıtlamadı beni. Ağır ağır başını sallayarak uçağıma bakıyordu:

"Doğrusu, bununla, pek de uzaklardan gelmiş olamazsın ya..."

Ve uzun süre düşlere daldı. Sonra, cebinden koyunumu çıkararak tutkulu tutkulu hazinesine bakmaya girişti.

"Başka gezegenler"den yarım yamalak söz etmesi bende nasıl bir merak uyandırmıştı düşünün artık. Daha çok bir şeyler öğrenmeye çabaladım:

"Sen nereden geliyorsun küçük dostum? 'Benim oralar,' dediğin neresi? Koyunumu nereye götürmek istiyorsun?"

Düşünceli bir sessizlikten sonra karşılık verdi:

"Bana onu sandığıyla vermen iyi oldu, geceleyin orada yatar."

"Tabii. Uslu durursan, bir de ip veririm sana, gündüzleri bağlayasın diye. Bir de kazık."

Bu öneri Küçük Prens'i allak bullak etmişti:

"Bağlamak mı? Ne garip düşünce bu!"

"Ama onu bağlamazsan, alır başını gider bir yerlere, sonra da kaybolur."

Küçük dostumun bir kahkahası daha çınladı.

"Nereye gidebilir sanıyorsun!"

"Nereye olursa. Önündeki uçsuz bucaksızlığa..."

O zaman Küçük Prens ağır ağır açıkladı:

"Zararı yok, benim orası iyice küçüktür!"

Sonra belki de biraz karaduyu ile ekledi:

"Pek uzaklara gidebileceği bir uçsuz bucaksızlık olmayacak önünde..."

Küçük Prens B-612 sayılı gezegende.

— 4 —

Böylece çok önemli bir şey daha öğrenmiştim: Geldiği gezegenin bütünü, olsa olsa bir ev kadar yer kaplıyordu!

Bu beni pek şaşırtmamıştı. Adları Dünya, Erendiz, Merih, Çolpan olan koca koca gezegenlerin dışında, kimilerinin gökdürbünüyle bile güç görüldüğü daha yüzlercesini biliyordum. Bir gökbilimci onlardan birini buldu mu, ad yerine bir numara takar hemen. Sözgelimi şöyle adlandırır: "Akanyıldız 325."

Küçük Prens'in geldiği göktaşının B-612 olduğunu kanıtlayan tutarlı nedenlerim var.

Bu göktaşı, bir gökdürbününden seçilmiş bir zamanlar; 1909'da, bir Türk gökbilimci görmüş.

Uluslararası Gökbilimciler Kurultayı'nda buluşunu kanıtlayan bir açıklama yapmış hemen. Ama giyim kuşamından ötürü kimseler inanmamış sözüne. Böyledir işte büyükler.

Neyse ki, dediği dedik, sınırsız yetkili bir Türk başkanı çıkmış da, halkını ölüm cezasıyla korkutarak Avrupalılar gibi giyinmeye zorlamış, göktaşı B-612'nin ününü kurtarıvermiş bu yoldan. Pek ince beğenili bir giysiyle gökbilimci, 1920'de tanıtlayıcı açıklamasını yeniden sunmuş. Bu kez herkes katılmış ileri sürdüğü görüşe.

Göktaşı B-612'nin bu ayrıntılı özelliklerini size anlatıyorsam, numarasını söylüyorsam, bu da büyüklerin yüzünden. Büyükler sayıları pek severler. Onlara yeni bir dostunuzdan söz açtınız mı, en özlü, en gerekli şeyleri hiç sormazlar. Hani hiç şöyle demezler: "Sesi kalın mı, ince mi? Hangi oyunlardan hoşlanıyor? Kelebek topluyor mu?" Şunları sorarlar: "Kaç yaşında? Kaç tane erkek kardeşi var? Kaç kilo? Babası kaç para kazanır?" Üstelik bu sorularla onu tanıdıklarına

inanırlar. Hele bir deyiverin büyüklere: "Pembe kiremitli bir ev gördüm, penceresinde sardunyalar, damında güvercinler vardı..." Aman artık, bir türlü gözlerinin önüne getiremezler bu evi. Şöyle demek gerekir onlara: "Yüz bin liralık bir ev gördüm." Hemen bağrışıp çığrışırlar: "Ne kadar güzeldi kim bilir!"

Öyleyse, onlara "Küçük Prens gönlünüzü çeliyorsa, gülümsüyorsa ve bir koyun istiyorsa varlığı kanıtlanmış olur," derseniz, omuz silkip sizi çocuksulukla yargılayacaklardır! Ama onlara "Geldiği gezegen B-612 sayılı göktaşıdır," derseniz inanıverirler, sorularıyla tedirgin etmezler sizi artık. Böyledir onlar. Kızmamak gerekir onlara. Çocuklar, büyüklerin yanında çile hırkasını giymeyi bilmelidir.

Ama bizler, yaşamı kavrayabilenler, alay edip geçeriz sayılarla falan! Peri masallarında olduğu gibi başlamak isterdim bu öyküye. Şöyle demek isterdim:

"Yıllar ve yıllar önce az biraz büyük bir gezegende yaşayan bir Küçük Prens varmış, delicesine özlermiş bir dostu..." Yaşamı kavrayanlar için çok daha gerçekçi bir başlangıç bu.

Dahası kimselerin kitabımı hafifseyerek okumasını istemiyorum. İçim sızlıyor bu anıları dile getirirken.

Dostum koyunuyla birlikte çıkıp gittiğinden bu yana altı yıl geçti. Burada bir şeyler yazmaya kalkışıyorsam, onu unutmaya dayanamadığımdan. Ne acı, bir dostu unutmak. Dünyada kaç kişinin bir dostu var. Üstelik sayılardan başka hiçbir şeyle ilgilenmeyen koca koca adamlara dönerim sonra. Onun için hemen bir kutu boyayla kurşun kalemler aldım. Altı yaşından beri açık ya da kapalı boalardan başka hiçbir şey çizmeye kalkışmamış benim gibi, durmuş oturmuş biri için yeniden resim yapmak güç doğrusu! Gerçeklerine en çok benzeyen portreleri çizmeye çabalayacağım tabii. Yüzde yüz başaracağımı sanmıyorum ama. Birinde kıvırmışım, bakıyorum öbürü olmamış. Boyu posunda da yanılgıya düşüyorum azıcık. Burada Küçük Prens adamakıllı iriyarı. Şurada iyice ufak tefek. Giysilerinin alacasını da çıkaramıyorum. Bir o rengi deniyorum, bir bu rengi, olduğu kadar. Daha önemli ayrıntılar üzerinde de yanılgıya düşeceğim. Ama bunun için, bağışlanmam gerekir. Dostum açıklamalara hiç yanaşmazdı. Benim de kendisine benzediğimi sanıyordu belki. Ama ben, üzülerek belirteyim, kapalı sandıklarındaki koyunları görmeyi beceremiyorum. Belki de azıcık büyük insanlar gibiyim. Kocamış olmalıyım.

— 5 —

Her gün gezegene, yolculuğa çıkışa, geziye ilişkin bir şeyler öğreniyordum. Çağrışımlardan beslenerek pek ağır gelişiyordu bu durum. İşte böylece, üçüncü günümüzde, baobabların ürkünç serüvenini öğrendim.

Bu kez de koyuna borçluydum bunu, birdenbire, büyük bir kuşkuya kapılmışçasına sorguya çekti beni Küçük Prens:

"Koyunların odunsu bitkileri yediği doğrudur, değil mi?"

"Evet. Doğrudur."

"Oh! Çok sevindim!"

Koyunların odunsu bitkileri yiyip yemediği niçin bu denli önemliydi, anlayamamıştım. Ama Küçük Prens ekleyiverdi:

"Öyleyse baobabları da yerler, değil mi?"

Küçük Prens'e baobabların odunsu bitkilerden olmadığını, kiliselerden büyük ağaçlar olduğunu, yanında koca bir fil sürüsü götürse bile, bu sürünün tepeden tırnağa bir baobabı bitiremeyeceğini açıklamaya uğraştım.

Fil sürüsü düşüncesi güldürdü Küçük Prens'i:

"Artık onları üst üste koymak gerekir..."

Bilgelikle anımsatmayı da unutmadı:

"Baobablar, büyümeden önce küçüktür."

"Doğru! Ama niçin küçük baobabları koyunların yemesini istiyorsun?"

"Bunu da bilmiyorsan!" dedi bana, ortada pek açık seçik bir gerçek varmışçasına. Bu sorunu tek başıma çözümlemek için büyük bir çaba harcamam gerekti.

Eninde sonunda, Küçük Prens'in gezegeninde de, öteki gezegenlerde olduğu gibi iyi bitkilerle kötü bitkiler olmalıydı. Buna göre iyi bitkilerin tohumu da iyiydi, kötü bitkilerin tohumu da kötüydü. Ama tohumları kimse göremez. Aralarından birini uyanma isteği yoklayıncaya dek toprağın gizliliğinde uyurlar. Zamanı geldi miydi tohum gerinir, güneşe doğru önceleri incecik, yürek ılındırıcı bir tohumcuk sürer. Eğer bu ince dal bir turpun ya da bir gülün tomurcuğuysa, gönlünün çektiğince boy atmasına olanak tanınır. Ama ya kötü bir bitkininkiyse, tanır tanımaz, hiç bek-

lemeksizin kökünden söküp atmalı. Küçük Prens'in gezegeninde de varmış ürkünç tohumlardan... Baobabların tohumlarıymış bunlar. Gezegenin yüzeyi bunlarla kaplanmış. Baobab öyle bir bitkidir ki, geç kalındı mı, bir daha başa çıkılamaz artık. Gezegeni dört bir yanından kuşatır. Kökleriyle delik deşik eder. Üstelik gezegen küçükse, baobabların sayısı da çoksa, parçalar her bir yeri.

"Bu bir, bir derli topluluk sorunudur..." demişti sonradan bana Küçük Prens. "Sabah, kendine bir çekidüzen verdikten sonra, titiz bir davranışla gezegenine de çekidüzen vereceksin. Küçüklüklerinde gül fidanlarını anımsatan baobabları, büyümeden, kökünden sökeceksin hiç gözden kaçırmaksızın. Sıkıcı bir iştir bu, ama kolaydır."

Bir gün de, bu sorun bizim oradaki çocukların kafasında bir güzel yer etsin diye usta işi bir resim çizmemi öğütledi. "Gün gelir yolculuğa çıkarlarsa," diyordu bana, "çok işlerine yarar bu. Kimi zaman bugünün işini yarına bırakmaktan pek bir şey çıkmaz. Ama, baobablar konusunda yanılgıya düşmemeli, her zaman yıkım getirir. Bir tembelin yaşadığı bir gezegen bilirim. Böyle üç çalıyı oluruna bırakmıştı da..."

Küçük Prens'in uyarıları üzerine, ben de çizdim o gezegeni. Öğütçübaşı kesilmeyi sevmem pek. Ama baobabların tehlikesini çok az kişi bilir, üstelik yolu bir göktaşına düşenin başına öyle çoraplar örüyorlar ki, bir kez için öğüt vermekten kaçınmayacağım. Söyleyivereyim: "Çocuklar! Dikkat edin baobablara!" Öteden beri, benim gibi, tehlikenin yanı başından geçip de bir şey sezemeyen dostlarım için özene bezene yaptım bu resmi. Verdiğim öğütü düşündükçe, çektiğim güçlükten yüksünmüyorum. Soracaksınız belki de bana: Niçin bu kitapta baobablarınki gibi kocaman başka resimler yok? Çok yalın bunun karşılığı: Çok uğraştım ama başaramadım. Baobabları çizerken sorumluluk taşıyan bir güç itelemişti beni.

— 6 —

Ah! Küçük Prens, böylece, senin o küçük, karaduyulu yaşamını kavradım yavaş yavaş. Uzun zaman, günbatımındaki tatlılıktan başka bir sevincim olmamış. Bu yeni ayrıntıyı, dördüncü günümüzün sabahında öğrenmiştim; şöyle demiştin bana:

"Ben daha çok günbatımlarını seviyorum. Haydi, bir günbatımı görmeye gidelim..."

"Beklemek gerekir ama..."

"Neyi beklemek gerekir?"

"Güneşin batışını beklemeliyiz."

Önce çok şaşırmıştın, kendine gülmüştün sonra. Şöyle demiştin bana:

"Hep bizim orada sanıyorum kendimi!"

Gerçekten de öyle. Herkes bilir, Birleşik Devletler'de öğleyken, Fransa'da güneş batar. Bir dakikada Fransa'ya gidilebilse, günbatımını görmeye yetecekti.

Ne yazık ki, çok uzaklarda Fransa. Ama sen, gezegeninde, iskemleni biraz ötelere çektin miydi dileğine kavuşuyordun. Her istediğinde görebiliyordun alacakaranlığın çöküşünü...

"Bir gün, tam kırk dört kez güneşin batışını seyretmiştim!"

Ekleyivermiştin hemen:

"Biliyor musun... İnsan acı çektiğinde, güneşin batışını başka türlü sever..."

"Güneşin batışını kırk dört kez izlediğinde, çok mu acı çekmiştin?"

Soruma karşılık vermedi ama Küçük Prens.

Baobab ağaçları.

— 7 —

Yine koyuna borçlanarak, beşinci günümüzde, Küçük Prens'in yaşamındaki gizi çözdüm. Birdenbire, öyle gelişigüzel sessizlikte olgunlaşmış bir düşüncenin verilerini ortaya dökercesine sordu bana.

"Bir koyun, odunsu bitkileri yediğine göre, çiçekleri de yer mi?"

"Karşısına çıkan her şeyi yer koyun."

"Dikenli çiçekleri de mi?"

"Tabii. Dikenli çiçekleri bile yer."

"Peki, dikenler ne işe yarıyor o zaman?"

Bilmiyordum bunu. O sırada motorumun sıkışmış bir vidasını sökebilmek için didinip duruyordum. İyice tasalıydım, aksaklığı kolay kolay gideremeyecektim besbelli; içme suyum da azaldıkça azalıyor, umutsuzluğa sürüklüyordu beni.

"Ne işe yarar dikenler?"

Küçük Prens bir soru sordu muydu, karşılığını öğreninceye dek direnirdi. Sinir olmuştum o sıkışmış vidaya, aklıma estiği gibi söylendim:

"Dikenler bir işe yaramazlar, çiçeklerin kötücül doğası yaratır onları!"

"Ya!"

Ama çok geçmeden öç alırcasına karşı çıktı bana:

"Söylediklerine inanmıyorum! İncedir çiçekler. Tümü çocuksudur. Kötülüğe başkaldırırlar ellerinden geldiğince. Hem onlar dikenleriyle güçlü olduklarını sanırlar..."

Yanıtlayamadım. Bu sırada kendi kendime söyleniyordum: "Yine diretirse şu vida, bir çekiç vuruşuyla söküp atarım." Küçük Prens yeniden dağıttı düşüncelerimi.

"Sen şeye mi inanıyorsun, hani çiçeklerin..."

"Yok canım! Yok canım! Hiçbir şeye inandığım yok! Gelişigüzel söyledim öyle. Ben, önemli işlerle boğuşuyorum şimdi!"

Donakalmış baktı yüzüme.

"Önemli işler!"

Elimde çekiç, parmaklarım makine yağından kapkara, pek iğrenç bulduğu bir nesneyle uğraştığımdan şöyle bir süzdü beni.

"Büyük insanlar gibi konuşuyorsun!"

Bu sözler biraz utandırmıştı beni. Ama acımaksızın, ekleyiverdi o:

"Arapsaçına döndürüyorsun her şeyi... karmakarışık ediyorsun!"

Gerçekten çok kızmıştı. Altın sarısı saçları yelin esintisine kapılmıştı:

"Mosmor bir Bay'ın yaşadığı bir gezegen biliyorum. Mosmor Bay, bir kez olsun çiçek koklamamış. Bir yıldıza bakmamış hiç. Kimseyi yürekten sevmemiş. Sayıları toplamaktan başka bir şey yapmamış. Senin gibi sayıklayıp durur bütün gün: 'Önemli bir adamım ben! Önemli bir adamım ben!' Ve şişinir bu sözleriyle. Ama insan mı denir ona, mantarın teki!"

"Ne!"

"Mantarın teki!"

Öfkeden kıpkırmızıydı şimdi Küçük Prens.

"Milyonlarca yıldır çiçeklerin doğası dikenleri yaratıyor. Milyonlarca yıldır koyunlar da çiçekleri yer. Öyleyse, sayısız güçlükle boğuşarak, çiçeklerin hiçbir işe yaramayan dikenlerini niye sürdüklerini, yeşerttiklerini kavramaya uğraşmak önemli değil mi? Koyunlarla çiçeklerin arasındaki savaş da mı önemsiz?

Bütün bunlar o şişko Mosmor Bay'ın toplamalarından daha da mı önemsiz! Üstelik ben, bu koca evrende bir çiçek tanıyorsam, başka hiçbir yerde değil de, bir tek benim gezegenimde yeşeriyorsa bu eşsiz çiçek, günün birinde ne yaptığını bilmeyen bir koyun, bir koparışta, aklına estiği gibi tıkınmaya kalkışırsa onu, bunu da mı önemsemeyeceğiz!"

Kızarmıştı alabildiğine, sonra yeniden söze girişti:

"Milyonlarca ve milyonlarca yıldızdan herhangi birinde gövermiş bir çiçeği seviyorsa insan, mutluluğu için onlara bakması bile yeterlidir. Şöyle der kendi kendine: "Onlardan birinde çiçeğim..." Ama koyun çiçeği yerse, bütün yıldızlar sönüverir çiçekli kişi için! Önemli olmayan bu mu!

Bir şeycikler söyleyemedi artık. Hıçkırıklarla sarsılıp boşandı. Gece çöküyordu. Fırlatıp attım elimdeki aletleri. Çekicime, vidama, susuzluğa, ölüme gülüp geçiyordum artık. Yıldızın birinde, bir gezegende, benimkinde, Dünya'da, avutulması gereken bir Küçük Prens vardı! Kollarımın arasına aldım onu. Sarstım, sarsaladım. Şöyle dedim ona: "Sevdiğin çiçek tehlikede değil... Bir ağızlık çizeceğim koyununa... Çiçeğinin dört bir yanına da bir çit çekeriz... Sonra ben..." Ne söylenmesi gerektiğini pek bilemiyordum. Çok beceriksizmişim gibi geliyordu bana. Nasıl yaklaşacağımı, ona nasıl ulaşacağımı kestiremiyordum. Bu gözyaşı ülkesi, içinden çıkılmaz bir yer!

— 8 —

Çok geçmeden o çiçeği daha yakından tanıdım. Küçük Prens'in gezegeninde tek bir sıra taçyaprakla bezenmiş, çok yer tutmayan, kimseciklere zararı dokunmayan gösterişsiz çiçekler varmış yalnızca. Yeşillikte belirirlermiş bir sabah, akşama kalmadan solarlarmış. Ama onunkisi, nereden estiği belirsiz bir yelin taşıdığı tohumdan gövermiş bir gün; Küçük Prens, görüp bildiği ince dallara hiç benzemeyen bu sürgünü titizlikle gözlemiş. Baobabın yeni bir türü olabilirdi bu. Ama bitki hemencecik vazgeçmiş boy atmaktan, üstelik çiçeğe durmuş. Kocaman bir tomurcuğun bezenmesine gözcülük eden Küçük Prens, olup bitenlerde tansıksı bir şeyler sezmiş; ama çiçek, yeşil odasına barınaraktan güzellenmesini bitirememiş henüz. Özenle seçiyormuş renklerini. Usulca süsleniyormuş, tek tek giyiyormuş taçyapraklarını. Buruşuk giysili gelincikler gibi ortaya çıkmak istemiyordu besbelli. Güzelliğinin olanca inceliklerini sergilemek istiyordu. İşte böyle! Pek baştan çıkartıcıydı! Günlerce gizli gizli süslenip püslendi. Ve işte bir sabah, tam gün doğarken kendini gösteriverdi.

Bunca özenip bezendikten sonra, esneyerek söylenmiş:

"Ay! Uykumu da alamadım iyice... Kusura bakmayın... Derlenip toparlanamıyorum bir türlü..."

Küçük Prens, yine de, gizleyemedi tutkunluğunu:

"Ne kadar güzelsiniz!"

"Öyle mi?" diye yanıtladı tatlı bir sesle çiçek. "Hem ben güneşle birarada doğdum..."

Küçük Prens pek öyle alçakgönüllü bir çiçekle karşılaşmadığını anlamış, ama etkisinden de kurtulamamış!

"Sanırım, kahvaltı saati geldi çattı..." diye eklemiş çiçek. "Beni düşünme inceliğini göstereceksiniz umarım..."

Ve Küçük Prens, apar topar, bir süzgeçli kova dolusu taze su aramaya koşuşturdu, doyurdu çiçeği.

Böylelikle çiçek, oldukça yüksekten bakarak, sivrilme tutkusuyla onu kırdı, gücendirdi. Örnekse, bir gün, dört dikeninden söz ederken, şunları söyledi Küçük Prens'e:

"Varsın pençeleriyle gelsin kaplanlar!"

"Gezegenimde kaplan yoktur…" diye karşı koydu Küçük Prens. "Üstelik kaplanlar ot yemez."

"Ben ot değilim," diye yanıtladı yavaşça çiçek.

"Öyle demek istemedim..."

"Kaplanlardan falan kaygılandığım yok benim, ama hava akımı dediniz mi yılıveririm. Bir paravananız yok mu?"

"Bir çiçek için hava akımından yılmak olacak iş mi?" diye düşündü Küçük Prens. Bu çiçek de pek garip doğrusu..."

"Geceleyin bir cam kavanoza koyarsınız beni. Sizin burası çok soğuk olmalı. Pek oturulacak bir yer değil burası. Oysa benim geldiğim yer..."

Ama sözünü bitiremedi. Bir tohum olarak gelmişti buraya. Öbür dünyaları tanımasına olanak yoktu. Bu çocuksu yalanının ortaya çıkmasından tasalanarak, iki üç kez öksürdü, Küçük Prens'i güç durumda bırakmak için evirdi çevirdi sözü:

"Hani şu paravan?.."

"Gidip arayacaktım ya, benimle konuşmaya giriştiniz!"

O zaman Küçük Prens'i iyice suçlu kılmak için bütün gücüyle öksürmesini sürdürdü.

Bundan sonra Küçük Prens, aşkının bütün hoşgörüsüne karşın, kuşkulandı ondan. Önemsiz sözlerden kaygılandı ve mutsuz oldu.

"Dinlememeliydim onu," diye açıldı bana bir gün, "hiç

dinlememeli çiçekleri. Gözünüzü okşamalı onlar, koklanmalı yalnızca. Benimki güzel kokusunu saçmıştı gezegenime, ama ben tadına varmayı bilemedim. Şu beni pek tedirgin eden pençe öyküsüne gülüp geçecektim..."

Şunları da açıklamıştı bana:

"Şimdiye dek hiçbir şeyi kavrayamadım ben! Yargılarımı sözlerden yola çıkarak vermeyecektim, davranışlar önemli gerçekte. Kokusuyla içimi açıyordu o, aydınlatıyordu beni. Kaçıp gitmeyecektim hiç! Budalaca kurnazlıklarının ardındaki sevecenliği sezmeliydim. Çiçekler öylesine çelişkiye düşerler ki! Ama onu sevmeyi bilemeyecek kadar küçüktüm."

— 9 —

Sanırım, kaçmak için, bir yaban kuşu sürüsünün göçlerinden yararlandı. Ayrılış sabahı gezegenini iyice bir düzene koydu. Yanardağların donmuş ateş sellerini sildi süpürdü. Fokurdayıp duran iki yanardağı vardı. Bunlar da sabah kahvaltısını kotarmaya yarıyordu. Bir de sönmüş yanardağı vardı. Ama hep söylediği bir söz vardı onun: "Ne olacağı bilinmez!" Bundan dolayı sönmüş yanardağını da aklayıp pakladı. İyice silinip süpürülürse, yanardağlar, patlamaksızın, usul usul ve düzenli biçimde kaynayıp tutuşurlar. Yanardağ püskürmeleri, ocaktaki ateş gibidir tıpkı. Tabii biz yanlarında pek ufak tefek kaldığımızdan yeryuvarlağındaki yanardağları temizleyemeyiz. Bu yüzden de başımıza dert açarlar.

Küçük Prens içli içli, son baobab filizlerini de söküp attı. Bir daha geri gelmeyeceğine inanıyordu. Ama o sabah, bütün bu gündelik işler, pek kolayına geliyordu. Ve son bir kez çiçeğini suladığında, cam kavanozla örttüğünde ağlama isteğiyle yanıp tutuşuyordu.

"Kavuşmamacasına hoşçakal..." dedi çiçeğe.

Yanardağların donmuş ateş sellerini sildi süpürdü.

Ama çiçek karşılık vermedi ona.

"Hoşçakal kavuşmamacasına..." diye yineledi.

Öksürdü çiçek. Ama nezle olduğundan değildi öksürmesi.

"Sersemlik ettim..." dedi neden sonra. "Bağışla beni. Mutlu olasın."

Bir şeycikleri başına kakmaksızın konuşması şaşırtmıştı Küçük Prens'i. Cam kavanoz elinde, orada, iyice şaşırmış kalakaldı. Kavrayamamıştı bu tatlı uysallığı.

"Evet, evet; seni seviyorum..." dedi ona çiçek. "Hiçbir şey anlayamadınsa, suç benim. Ne önemi var üstelik. Sen de benim kadar budalalık ettin ama. Mutlu olasın... Bırak şu cam kavanozu. İstemiyorum artık."

"Ama rüzgâr..."

"Nezle olduğum falan da yok canım... Gecenin serin havası iyi gelecek bana. Bir çiçeğim ben."

"Ya hayvanlar..."

"Kelebeklerle dostluk kuracaksam, iki üç tırtıla da katlanmalıyım artık. Daha iyi olacak böylesi. Yoksa kim gelecek yanıma? Sen, sen uzakta olacaksın. Büyük hayvanlara gelince, korkmuyorum hiç. Dikensi tırnaklarım var."

Çocuksu bir duyarlılıkla dört dikenini gösterdi. Sonra bitirdi diyeceklerini:

"Oyalanıp durma böyle, can sıkıyorsun. Nasılsa kararlısın gitmeye. Çek git."

Küçük Prens'in kendisini ağlarken görmesini istemiyordu çünkü. Onuruna alabildiğine düşkün bir çiçekti...

— 10 —

Küçük Prens 325, 326, 327, 328, 329 ve 330 sayılı göktaşlarının dolaylarında bulunuyordu. Kendini eğitmek ve bir uğraşı edinmek için onlara uğramaya başladı.

İlkinde bir kral oturuyordu. Kral, erguvan kırmızısı, kakım kürküyle bezenmiş bir giysiye bürünmüş, yalın ama görkemli bir tahtın üzerine yerleşmişti.

"Oh! İşte bir uyruk!" diye haykırdı kral, Küçük Prens'i görünce.

Küçük Prens şöyle dedi kendi kendine:

"Daha önce hiç görmemişken nasıl tanıyabilir beni!"

Krallar için yeryüzünün pek yalın olduğunu bilmiyordu. Bütün insanlar uyruktan sayılır.

"Yaklaş da daha iyi görebileyim seni," dedi kral, sonunda krallık edecek birini bulmanın boş yüceliğiyle dolup taşarak.

Küçük Prens nereye oturacağını araştırdı gözleriyle, ama tüm gezegen o göz kamaştırıcı kürk mantoyla kaplanmıştı. İster istemez ayakta kaldı ve öylesine yorgundu ki, esneyiverdi.

"Bir kralın karşısında esnemek görgü kurallarına aykırıdır!" dedi hükümdar. "Yasakladım bunu sana."

"Kendimi tutamıyorum," dedi Küçük Prens tepeden tırnağa kızarmış. "Uzun bir yolculuk yaptım ve hiç uyumadım."

"Öyleyse," dedi kral ona, "esnemeni buyuruyorum. Yıllardan beri esneyen hiç kimse görmedim. Esnemek benim için pek garip bir şey. Haydi bakalım, yeniden esne! Bu bir buyruktur."

"Elimde değil... yapamam artık..." Alı al, moru mor kesilmişti Küçük Prens.

"Hımm! Hımm!" diye yanıtladı kral. "Öyleyse ben de... kimi zaman esnemeni, kimi zaman da..."

Kekelemişti azıcık ve canı sıkılmışa benziyordu.

Çünkü kral, her şeyden önce, yetkili kişiliğine saygı duyulsun istiyordu. Başına buyrukluğu hoş görmezdi. Yetkisi sınırsız bir hükümdardı o. Ama pek iyi yürekli olduğundan, akla yatkın buyruklar verirdi.

"Sözgelimi ben," derdi boyuna, "sözgelimi ben bir generale deniz kuşuna dönüşmesini buyurursam general de başaramazsa bunu, suç generalin değil, benim suçum olur."

"Oturabilir miyim?" diye sordu Küçük Prens ürkek ürkek.

…tüm gezegen o göz kamaştırıcı kürk mantoyla kaplanmıştı.

“Oturmanı buyuruyorum...” diye karşılık verdi kral, bir yandan da kakım kürkünden mantosunu görkemli biçimde çekiştirerek yer açtı.

Ama şaşırıp duruyordu Küçük Prens. Gezegen küçücüktü. Neyi yönetiyordu kral?

“Yüce efendim,” dedi krala. “Bir şey soracağım size, ama bağışlayın beni...”

“Bana birşey sormanı buyuruyorum” diye atılıverdi hemen kral.

“Şey yüce efendim... neyi yönetirsiniz siz?”

“Her şeyi,” diye yanıtladı kral, büyük bir alçakgönüllülükle.

“Her şeyi mi?”

Kral ölçülü bir davranışla gezegenini, öteki gezegenleri ve yıldızları gösteriverdi.

“Bunların tümünü mü?” dedi Küçük Prens.

“Bunların tümünü,” diye yanıtladı kral.

Öyle yalnız kendi ülkesinin hükümdarı değildi, evrensel bir hükümdardı.

“Peki yıldızlar sözünüzü dinliyorlar mı?”

“Elbette,” dedi kral ona. “Dinlemeyip de ne yapacaklar. Düzensizliğe dayanamam ben.”

Bu sınırsız güç şaşırtmıştı Küçük Prens’i. Kendisinde olsaydı o güç, yalnız kırk dört kez değil, yetmiş iki ya da yüz, hatta iki yüz kez güneşin batmasını buyururdu bir tek günde, hem de iskemlesini hiç çekmeden seyredebilirdi! Ve böylece terk ettiği gezegenini anımsadığından azıcık üzüldü, kraldan bir şey dilemek geçti gönlünden:

"Bir günbatımı görmek isterdim... Rica etsem... Buyursanız günbatımına..."

"Bir generale bu çiçekten o çiçeğe bir kelebek gibi uçmasını buyursaydım, ya da bir ağlatı yazmasını, ya da bir deniz kuşuna dönüşmesini, general de verilmiş buyrukları yerine getiremeseydi, o mu suçlu olurdu, ben mi?"

"Siz olurdunuz..." dedi, Küçük Prens sakınmaksızın.

"Bak işte bu doğru. Herkesten verebileceği kadarını istemeli," diye sözü aldı yeniden kral. Yetke, her şeyden önce akla dayanır. Halkına kendini götürüp denize atmasını buyurursan, ihtilal çıkar. Ama ben buyruklarımın yerine getirilmesini isteyebilirim, çünkü hepsi akla yatkındır."

"Ya benim günbatımı?" diye yineledi bir sorduğunu bir daha hiç unutmayan Küçük Prens.

"Senin günbatımına gelince, kavuşacaksın ona. İlgileneceğim. Ama yönetme biliminin yasalarına denk düşecek koşulları bekleyeceğim önce."

"Ne zaman gerçekleşecek bu?" diye sordu Küçük Prens.

"Hık mık!" diye yanıtladı onu kral, koca bir takvimi karıştırıyordu bir yandan. "Hık mık! Şeyde olacak bu... şeyde... bu akşam yedi kırkta! Sözümü nasıl dinlettiğimi de göreceksin."

Küçük Prens esnedi. Kaçırdığı günbatımına üzülüyordu. Daha şimdiden canı sıkılmıştı biraz:

"Burada yapacak hiçbir şeyim kalmadı," dedi krala. "Yola koyulayım bari!"

"Gitme..." diye yanıtladı kendine bir uyruk bulmaktan gururlanan kral. "Gitme, bakan yaparım seni!"

"Ne bakanı?"

"Şey... Adalet bakanı!"

"Ama yargılayacak kimsecikler yok!"

"Bilinmez..." dedi ona kral. "Bütün krallığımı gezmiş bile değilim daha. Çok yaşlıyım, bir saltanat arabası için yerim de yok, yürümek de yoruyor beni."

"Oh! Ama ben gördüm her yeri," dedi Küçük Prens bir göz atışta gezegenin öbür köşesine de bakarak. "Orada da kimsecikler yok..."

"Öyleyse kendi kendini yargılayacaksın..." diye karşılık verdi kral. "En zoru da budur. Kendini yargılamak, başkalarını yargılamaktan daha güçtür. Kendini yargılamayı başarırsan, gerçek bir bilge olduğun ortaya çıkar."

"Ben..." dedi Küçük Prens, "her yerde yargılayabilirim kendimi. Buraya yerleşmem gerekmiyor ki."

"Dur hele!" dedi kral, "gezegenimin bir köşesinde yaşlı bir fare var sanımca. Geceleri işitiyorum onu. Bu yaşlı fareyi yargılayabilirsin. Ölüm cezası da verirsin ona zaman zaman. Artık yaşamı senin yargına kalmış. Ama tutumlu davranabilmek için her seferinde bağışlayacaksın onu. Bir tek çünkü."

"Ben," diye yanıtladı Küçük Prens, "ölüm cezası vermekten hiç hoşlanmam, üstelik gidiyorum artık."

"Olmaz..." dedi kral.

Öte yandan hazırlıklarını bitiren Küçük Prens, yaşlı hükümdarı incitmek istemiyordu:

"Majesteleri buyruklarına tıpatıp uymamı diliyorlarsa, sağduyulu bir şey söylesinler. Örnekse, bir dakika içinde gitmemi buyursunlar. Sanırım koşullar da uygun buna..."

Hiçbir karşılık vermedi kral, önce durakladı Küçük Prens, sonra, bir solukta yola koyuldu...

"Seni elçim yapıyorum!.." diye haykırdı işte o zaman kral.

Pek yetkeli bir havası vardı.

Büyükler garip oluyorlar doğrusu, diyordu kendi kendine Küçük Prens, yolculuğunu sürdürürken.

— 11 —

İkinci gezegende bir burnu büyük oturuyordu:

"Ah! Ah! İşte bir hayranın gelişi!" diye bağırdı burnu büyük uzaktan Küçük Prens'i görür görmez.

Öyle ya, burnu büyükler için, başkaları hep hayrandır.

"Günaydın," dedi Küçük Prens. "Pek garip bir şapkanız var."

"Esenlemek için..." diye yanıtladı burnu büyük. "Beni alkışlayanları esenlemek için. Ne yazık ki, buralara kimsenin uğradığı yok."

"Ya, öyle mi?" dedi hiçbir şey anlamayan Küçük Prens.

"Birbirine çırp ellerini..." diye öğütledi burnu büyük.

Küçük Prens ellerini birbirine çırptı. Burnu büyük şapkasını çıkararak, alçakgönüllü bir tutumla esenledi.

"Burası, kralın oradan daha eğlenceli," diye geçirdi içinden Küçük Prens. Ve ellerini yeniden çırpmaya başladı. Burnu büyük de şapkasını çıkararak esenlemeye.

Beş dakikalık bir işlemden sonra Küçük Prens oyunun tekdüzeliğinden usanıverdi:

"Peki, şapkayı indirmek için ne yapmalı?" diye sordu.

İkinci
gezegende
kendini
beğenmişin
biri vardı.

Ama onu işitmedi burnu büyük. Burnu büyükler övgülerden başka hiçbir şey işitmezler.

"Bana gerçekten çok mu hayransın?" diye sordu Küçük Prens'e.

"Hayran olmak da ne demek?"

"Hayran olmak demek, gezegenin en güzel adamının, en iyi giyinmişinin, en zengininin ve en akıllısının ben olduğuna inanmak demek."

"Ama sen yapayalnızsın gezegeninde!"

"Hatırım için. Hayran oluver gitsin!"

"Sana hayranım," dedi Küçük Prens, omuzlarını hafifçe silkerek, "ama seni niçin bu kadar ilgilendiriyor bu?"

Sonra da kaçıp gitti.

Büyükler hep böyle garip, diye düşündü yalnızca, yolculuğunu sürdürürken.

— 12 —

Ondan sonraki gezegende bir sarhoş oturuyordu. Bu uğrayış pek kısa sürdü ama, Küçük Prens'i derin acılara sürükledi:

"Burada ne yapıyorsun?" diye sordu, bir yığın boş şişeyle bir yığın dolu şişenin önünde sesini çıkarmadan duran sarhoşa.

"İçiyorum..." diye yanıtladı sarhoş, iç karartıcı bir havada.

"Niçin içiyorsun?" dedi Küçük Prens.

"Unutmak için..." dedi sarhoş.

"Neyi unutmak için?" diye sordu acıyarak Küçük Prens.

"Utandığımı unutmak için..." diye geveledi başını eğerek sarhoş.

"Neden utanıyorsun?" diye sorup soruşturdu ona yardım etmek isteyen Küçük Prens.

"İçmekten utanıyorum!" dedi sözlerini bitirerek sessizliğe gömülen sarhoş.

Büyükler pek bir garip oluyorlar doğrusu, dedi kendi kendine Küçük Prens, yolculuğunu sürdürürken.

— 13 —

Dördüncü gezegen bir işadamınındı. Bu adamın öylesine çok işi vardı ki, Küçük Prens geldiğinde başını bile kaldırmadı.

"Günaydın..." dedi ona bizimki. "Sigaranız sönmüş."

"Üç iki daha beş eder. Beşle yedi on iki. On ikiyle üç on beş. Günaydın. On beşle yedi yirmi iki. Yirmi ikiyle altı yirmi sekiz. Yeniden yakacak zamanım yok. Yirmi altıyla beş otuz bir. Öf! Beş yüz bir milyon altı yüz yirmi iki bin yedi yüz otuz bir ediyor."

"Beş yüz milyon ne?"

"Ha? Sen burada mısın daha? Beş yüz bir milyon şey... bilemiyorum... İşim başımdan aşkın! İş güç sahibi bir adamım ben, incir çekirdeğini doldurmayacak sözlerle oyalanamam! İkiyle beş yedi..."

"Beş yüz bir milyon ne?" diye yineledi, yaşamı boyunca bir sorduğunu bir daha hiç unutmayan Küçük Prens.

Başını kaldırdı işadamı:

"Elli dört yıldır oturuyorum bu gezegende, üç kez aksadı işim gücüm. İlki, yirmi iki yıl önceydi, nereden geldiğini Tanrı bilir, bir mayıs böceği yüzünden oldu. Korkunç, dayanılmaz bir gürültüsü vardı, tabii tek bir toplama işleminde dört yanlış yaptım. İkincisi, on bir yıl önceydi, romatizmalarım azdı. İşlemlere ara verdim. Aylaklığa vaktim yok benim. İş güç sahibiyim ben. Üçüncüsünde... nedeni ortada! Ne diyordum, beş yüz bir milyon..."

"Neyin milyonu?"

İşadamı hiçbir kurtuluş umudu kalmadığını anlamıştı:

"Ara sıra gökyüzünde gördüğümüz küçük şeylerden milyon tane."

"Sineklerden mi?"

"Yok canım, ışıl ışıl küçük şeylerden."

"Arılar mı?"

"Yok canım. Tembellerin düşleyip durduğu o altınsı küçük şeylerden. Ama ben, iş güç sahibiyim! Düş kuracak zamanım yok."

"Aa! Yıldızlar mı?"

"İşte onlar. Yıldızlar."

"Peki, beş yüz milyon yıldızı ne yapıyorsun?"

"Beş yüz bir milyon altı yüz yirmi iki bin yedi yüz otuz bir. İş güç sahibiyim ben, böyleyim işte."

"Peki bu yıldızları ne yapıyorsun?"

"Ne mi yapıyorum?"

"Evet."

"Hiç. Benim onlar."

"Yıldızlar senin mi?"

"Evet."

"Ama ben bir kral görmüştüm, o..."

"Krallar bir şey tutamazlar ellerinde. Yalnızca 'yönetirler'. İkisi ayrı şeydir."

"Peki yıldızların senin olması ne işine yarıyor?"

"Zengin olmama."

"Zengin olman ne işine yarıyor?"

"Biri bulursa, yeni yıldızlar satın almama."

Sözün burasında, bu da biraz benim ayyaş gibi düşünüyor, dedi kendi kendine Küçük Prens.

Bir yandan da yeni sorular soruyordu:

"Yıldızlar nasıl elde edilir?"

"Kimin ki onlar?" diye karşılığı yapıştırdı işadamı, titizlenmişti.

"Bilmem. Hiç kimsenin."

"Öyleyse benim onlar, ilk ben düşündüm çünkü bunu."

"Yeter mi?"

"Elbette. Hiç kimsenin olmayan bir elmas bulursan, senindir. Hiç kimsenin olmayan bir ada bulursan, o da senindir. Bir buluşun varsa, buluş belgesi edinirsin; senindir artık. Benden önce kimsenin aklına gelmediğine göre, yıldızlar da benimdir."

"Bak işte bu doğru..." dedi Küçük Prens. "Ama ne yapacaksın onları?"

"Düzenliyorum. Sayıyorum yine sayıyorum..." dedi işadamı. "Oldukça güç bir iş. Ama ben aklı başında bir adamım!"

Küçük Prens istediklerini tümüyle öğrenememişti daha.

“Ben, ipek bir boyun atkım olsaydı, boynuma takardım onu, nereye gitsem çıkarmazdım hiç. Ben, bir çiçeğim olsaydı, koparır yakama iliştirirdim. Ama sen yıldızları koparamazsın ki!”

“Hayır, ama bankaya yatırabilirim.”

“Bu da ne demek?”

“Yıldızlarımın sayısını bir kâğıda yazarım demek. Sonra da bu kâğıdı bir çekmeceye koyar, kilitlerim.”

“Hepsi bu kadar mı?”

“Yetmez mi?”

Eğlenceli, diye düşündü Küçük Prens. Şiirli bir iş. Ama pek önemli sayılmaz.

Önemli şeyler konusunda Küçük Prens'in görüşleriyle büyük insanlarınki hiç uyuşmuyordu.

“Ben,” dedi yeniden, “benim olan bir çiçeği sularım her gün. Benim olan üç yanardağı her hafta silip süpürürüm. Üstelik sönmüş olanını da silip süpürüyorum. Ne olacağı bilinmez. Bütün bunlar yanardağlarıma, çiçeğime yararlı. Ama senin yıldızlara yararın dokunmuyor...”

İşadamı ağzını açtı ya, ama karşılık verecek bir şey bulamadı, Küçük Prens de geçip gitti.

Büyükler iyice olağanüstü yaratıklar, diyordu kendi kendine, yolculuğunu sürdürürken.

— 14 —

Beşinci gezegen çok ilginç bir yerdi. Hepsinin en küçüğüydü. Üstünde yalnızca bir sokak feneriyle fener yakıcısına yer vardı. Küçük Prens, gökyüzünün herhangi bir noktasında, ne evin ne de insanın bulunduğu bir gezegende, bir sokak feneriyle bir fener yakıcısının ne işe yarayabileceğini kavrayamamıştı. Bir yandan da şöyle diyordu kendi kendine:

"Bu adam gülünç olmasına gülünç. Ama kraldan da, burnu büyükten de, işadamından da, sarhoştan da daha az gülünç... Eninde sonunda bir anlamı var yaptığı işin. Fenerini yakınca, sanki bir yıldız daha ışıldatıyor, ya da bir çiçek yeşertiyor. Fenerini söndürünce de, o çiçek ya da yıldız uykuya dalıyor. Çok güzel bir uğraşı bu. Güzel olduğuna göre de yararlı."

Gezegene ayak basar basmaz fener yakıcıyı saygıyla esenledi:

"Günaydın. Niçin hemencecik söndürdün fenerini?"

"Yönerge böyle, dedi fener yakıcı. "Günaydın."

"Yönerge de nedir?"

"Fenerimi söndürmem gerekli. Tünaydın."

Ve yeniden yaktı feneri.

"Ama niçin hemencecik yakıyorsun yine feneri?"

"Yönergeden dolayı..." diye yanıtladı fener yakıcı.

"Anlayamıyorum..." dedi Küçük Prens.

"Anlaşılmayacak bir şey yok," dedi fener yakıcı. "Yönerge neyi buyuruyorsa, o yapılır. Günaydın."

Ve yeniden söndürdü fenerini.

Sonra alnını kuruladı kırmızı damalı bir mendille.

"Dayanılmaz bir iş yapıyorum burada. Eskiden daha bir akla yakındı. Gündüz söndürürdüm, akşam zamanı yakardım. Bütün gün dinlenecek zamanım olur, geceleri de uyurdum..."

"O dönemden sonra yönerge mi değişti?"

"Yönerge değişmedi," dedi fener yakıcı. "Acı olan da bu ya! Gezegen her geçen yıl biraz daha hızlı dönmeye başladı, yönerge değişmedi yoksa!"

"Ne oldu?" dedi Küçük Prens.

"Ne olacak, şimdi dakikada bir dönüş yapıyor, artık dinlenecek bir saniyem kalmadı. Dakikada bir kez yakıp söndürüyorum!"

"Garip doğrusu! Senin burada günler bir dakika mı sürüyor!"

"Gariplik bu kadarla kalsa..." dedi fener yakıcı. "Seninle konuşmaya başladığımızdan beri bir ay geçti."

"Bir ay mı?"

"Evet. Otuz dakika. Otuz gün! Tünaydın."

Ve yeniden fenerini yaktı.

Küçük Prens baktı ona ve yönergeye böylesine bağlı olan fener yakıcıyı seviverdi. İskemlesini çekerek, günbatımlarını izlediğini anımsadı. Dostuna yardım etmek istedi:

"Biliyor musun... İstediğinde dinlenebileceğin bir ortamı söyleyebilirim sana..."

"İsterim elbet," dedi fener yakıcı.

Kimi zaman, işine bağlı ve tembel olunabiliyordu anlaşılan.

Küçük Prens sürdürdü konuşmasını:

"Senin gezegenin öylesine küçük ki, üç adımda çevresini dolanabilirsin. Güneşli yerlerde kalabilmen için çok ağır yürümelisin. Dinlenmek istediğinde ağır ağır yürürsün... gün de gönlünün çektiği gibi uzayıp gider."

"Bu benim için pek bir şey değiştirmez," dedi fener yakıcı. "Hayatta tek istediğim, uyumaktır."

"Talihine küs," dedi Küçük Prens.

"Talihime küsmeliyim," dedi fener yakıcı. "Günaydın."

Ve yeniden söndürdü fenerini.

"Hepsinin arasında," dedi kendi kendine Küçük Prens, yolunun daha ötelerine doğru koyulurken, "hepsinin arasında bir bunu aşağılar ötekiler, kral da, burnu büyük de, sarhoş da, işadamı da. Ama en az gülünç olanı da o. Belki de, kendi dışında bir işle uğraştığından."

İçini çekerek şöyle dedi kendi kendine:

"Hepsinin arasında bir tek onunla dost olabilirdim. Ama gezegeni gerçekten çok küçük. İki kişiye yer yok..."

Kendine açıklayamadığı bir şey daha vardı Küçük Prens'in, bu kutlu gezegenden ayrılırken, özellikle, yirmi dört saatte bin dört yüz kırk günbatımını göremeyeceğine yeriniyordu.

"Dayanılmaz bir iş yapıyorum burada."

— 15 —

Altıncı gezegen öncekinden on kat daha geniştti. Kocaman kitaplar yazmış yaşlı bir Bay oturuyordu burada:

"Bak hele! İşte bir arayıp tarayıcı!" diye bağırdı, Küçük Prens'i görünce.

Küçük Prens masanın üzerine oturdu, biraz soluk aldı. Nicedir yollardaydı!

"Nereden geliyorsun?" dedi ona yaşlı Bay.

"Bu koca kitap ne?" dedi Küçük Prens. "Ne yapıyorsunuz burada?"

"Ben coğrafyacıyım," dedi yaşlı Bay.

"Bir coğrafyacı ne yapar?"

"Denizlerin, ırmakların, kentlerin, dağların ve çöllerin nerede bulunduğunu bilen bir bilgindir."

"Çok ilginç bu," dedi Küçük Prens. "İşte gerçek bir uğraşı!"

Ve coğrafyacının gezegenine bir göz attı. Böylesine görkemli bir gezegen daha görmemişti.

"Gezegeniniz pek güzel. Okyanuslar da var mı?"

"Bunu bilemem," dedi coğrafyacı.

"Ya!" Küçük Prens düş kırıklığına uğramıştı. "Peki dağlar?"

"Bunu da bilemem," dedi coğrafyacı.

"Peki kentler, ırmaklar, çöller?"

"Bunları da bilemem," dedi coğrafyacı.

"Ama siz coğrafya bilginisiniz!"

"Bak işte bu doğru," dedi coğrafyacı, "ama arayıp tarayıcı değilim. Üstelik arayıp tarayıcılarım da yok. Kentleri, ırmakları, dağları, denizleri, okyanusları ve çölleri sayacak olan coğrafyacı değildir. Coğrafyacının gezinecek zamanı yoktur. Masasının başından kalkamaz. Ama masa başındayken arayıp tarayıcılarla görüşür. Sorular sorar onlara, yolculuk anılarını not eder. Aralarından birinin anıları ilgisini çekerse, coğrafyacı o arayıp tarayıcının dürüstlüğü konusunda bir yoklamaya girişir."

"Bu da neyin nesi?"

"Neyin nesi olacak, bir arayıp tarayıcı yalan söyleyerek coğrafya kitaplarında inanılmaz yanlışlara yol açabilir. Üstelik bir de içki içiyorsa."

"Ne olur?" diye sordu bu kez de Küçük Prens.

"Ne olacak, ayyaşlar biri iki görür. O zaman da coğrafyacı, bir dağ varken iki taneymiş gibi yazar."

"Birini tanıyorum," dedi Küçük Prens, kötü bir arayıp tarayıcı olurdu sanımca.

"Olabilir. Ne diyordum, arayıp tarayıcının dürüstlüğü su götürmezse, gezip gördükleri soruşturulur."

"Oraya mı gidilir?"

"Hayır. O güç iş. Ama arayıp tarayıcının kanıtları irdelenir. Sözgelimi, kocaman bir dağı gezip görmüşse, oradan koca koca taşlar getirmesi gerekir."

Birden coştu coğrafyacı:

"Peki sen, uzaklardan geliyorsun! Arayıp tarayıcısın! Haydi gezegenini anlat bana!"

Ve coğrafyacı, kütük defterini açarak, kurşunkalemini yonttu.

Önce kurşunkalemle yazılır arayıp tarayıcıların anlattıkları. Mürekkeple yazmak için, arayıp tarayıcının kanıtlarını ortaya sermesi beklenir.

"Haydi?" diye süzdü coğrafyacı.

"Şey! Benim orası..." dedi Küçük Prens, "pek o kadar ilginç bir yer değil, çok küçük. Üç yanardağım var. İkisi püskürür durumda, biri de sönmüş. Ama ne olacağı bilinmez."

"Ne olacağı bilinmez..." dedi coğrafyacı.

"Bir de çiçeğim var."

"Çiçekleri deftere geçiremeyiz, dedi coğrafyacı.

"Niçin? Ama o en güzeli!"

"Çünkü geçicidir çiçekler."

"'Geçici' de ne demek?"

"Coğrafya kitapları," dedi coğrafyacı, bütün kitaplardan daha kalıcıdır. Anlattıkları şeyler hiç eskimez. Bir dağın yer değiştirdiği pek az görülür. Bir okyanusun kuruyup susuz kaldığı da pek az görülür. Biz kalıcı şeyleri yazarız."

"Ama sönmüş yanardağlar bir gün püskürebilir!" diye atıldı Küçük Prens. "Bu 'geçici' de ne demek?"

"Yanardağlar sönmüş ya da sönmemiş, bizim için ötekilerle birdir," dedi coğrafyacı. "Bizim için vazgeçilmez olan, dağdır. O hiç değişmez."

"Ama bu 'geçici' ne demek?" diye üsteledi yaşamı boyunca bir sorduğunu bir daha hiç unutmayan Küçük Prens.

"'Yakın gelecekte kaybolacağından korkulan' demektir."

"Çiçeğimin yakın gelecekte kaybolacağından mı korkuluyor?"

"Elbette."

"Çiçeğim geçici öyleyse," dedi kendi kendine Küçük Prens, "dünyaya karşı savunabilmek için dört dikeni var yalnızca! Üstelik onu yapayalnız bıraktım!"

Böylelikle ilk kez pişmanlık duydu. Ama çabuk toparladı kendini:

"Nereleri gidip görmemi salık verirsiniz?" diye sordu.

"Dünya denen gezegeni," diye karşılık verdi ona coğrafyacı. "İyi bir ün kazanmıştır..."

Küçük Prens de çiçeğini düşünerek yollara düştü.

Küçük Prens
Dünya'ya
indiğinde
hiç kimseye
rastlamayınca
şaşırmıştı.

— 16 —

Böylece Dünya yedinci gezegen oldu.

Dünya herhangi bir gezegen değildir! Orada yüz on bir kral (tabii, zenci kralları da unutmayarak), yedi bin coğrafyacı, dokuz yüz bin işadamı, yedi buçuk milyon ayyaş, üç yüz on bir milyon burnu büyük, yani aşağı yukarı iki milyar yaşını almış insan yaşar.

Size Dünya'nın boyutları konusunda bir fikir vermek için şunu söyleyebilirim; elektrik bulunmadan önce, altı anakarada dört yüz altmış iki bin beş yüz on bir fener yakıcısından oluşan gerçek bir orduyu beslemek zorundaydı Dünya.

Uzaktan bakıldığında, bu ordu olağanüstü bir görünüm yaratırdı. Hareketleri bir opera balesiyle karşılaştırılacak kerte uyumluydu. Önce Yeni Zelandalı ve Avustralyalı fener yakıcılarının dönenmesi başlardı. Daha sonra, kandillerini yakar yakmaz uyumaya giderlerdi. Bu kez Çinli ve Sibiryalı fener yakıcıları dönenirdi. Onlar da sıralarını savar, kulise çekilirlerdi. Rus ve Hintli fener yakıcılar sahneye çıkardı bu kez. Sonra da Afrikalı ve Avrupalı fener yakıcılar.

Sonra Güney Amerikalılar. Sonra Kuzey Amerikalılar. Sahneye çıkış sırasında hiç yanılgıya düşmezlerdi. Görkemli bir şeydi bu.

Yalnız Kuzey Kutbu'nun tek fenerini yakan fenerciyle, Güney Kutbu'nun tek fenerini yakan fenerci işsiz güçsüz, aylak bir yaşam sürdürürlerdi: Yılda yalnızca iki kez çalışırlardı.

— 17 —

İnsan ne denli bilgili olduğunu gözler önüne sermeye kalkışınca, azıcık yalan da söylüyor. Size fener yakıcılardan söz ederken pek dürüst davranmadım doğrusu. Gezegenimizi bilmeyenlerde yanlış düşünceler uyandıracak sözler ettim. İnsanlar, yeryüzünün küçük bir yerini kaplar. İki milyar yeryüzü yurttaşı, bir mitingte olduğu gibi, biraz sıkışarak ayakta duracak olsa, yirmi mil uzunluğunda ve yirmi mil genişliğinde bir halk alanına rahatça sığabilir. Dolayısıyla insanlar, Pasifik Adaları'nın en küçüklerinden birinde yer edinebilirler.

Tabii, bunları büyüklere açacak olsanız, size inanmazlar. Daha çok yer kapladıkları kanısındadırlar. Kendilerini baobablar kadar önemserler. En doğrusu, durumun bir hesabını yapmalarını salık verin onlara. Saygılara bayılırlar: bu işten hoşlanacaklardır. Ama sizler, bu tür ev ödevi cezalarıyla vaktinizi harcamayın. Hiçbir işe yaramaz. Bana güvenirsiniz nasıl olsa.

Küçük Prens, yeryüzüne inip de kimseleri göremeyince hayli şaşırmıştı. Yanlış gezegene geldiği sanısına kapılacakken, kumda, ay alacasında bir halka kımıldanıverdi.

"Tünaydın," dedi Küçük Prens bütün inceliğiyle.

"Tünaydın," dedi yılan.

"Hangi gezegene geldim?" diye sordu Küçük Prens.

"Dünyaya, Afrika'ya," diye yanıtladı yılan.

"Ya... Dünya'da kimse yok mu?"

"Burası çöldür. Çöllerde hiç kimse olmaz. Dünya büyüktür," dedi yılan.

Küçük Prens bir taşın üstüne oturdu ve gözlerini gökyüzüne kaldırdı:

"Sorarım kendime," dedi, "bir gün herkes kendininkine geri dönebilsin diye mi böyle ışıl ışıl yıldızlar. Gezegenime bak. Tam üzerimizde... Ama nasıl da uzak!"

"Ne güzel," dedi yılan. "Ne yapmaya geldin buraya?"

"Bir çiçekle aram açıldı," dedi Küçük Prens.

"Ya!" dedi yılan.

Ve sustular bir süre.

"İnsanlar nerede?" diye yeniden söze girişti Küçük Prens. "Biraz yalnızlık duyuluyor çölde..."

"İnsanların arasında da yalnızlık duyulur," dedi yılan.

Uzun süre ona baktı Küçük Prens:

Yılan, "Ne yapmaya geldin buraya?" diye sordu.

"Sen de garip bir yaratıksın," dedi sonunda, "parmak kadar kalınlığın var..."

"Ama bir kralın parmağından daha güçlüyümdür," dedi yılan.

Küçük Prens'in yüzünde bir gülümseme belirdi:

"Daha güçlü olamazsın... ayakların da yok... gezip tozamazsın bile..."

"Bir gemiden daha uzaklara götürebilirim seni," dedi yılan.

Bir altın bilezik gibi, Küçük Prens'in ayak bileğine dolanıverdi:

"Dokunduğum her insanı yaratıldığı toprağa bağışlarım," dedi bu kez. "Ama sen tertemizsin, üstelik bir yıldızdan geliyorsun..."

Hiçbir karşılık vermedi Küçük Prens.

"Bu taştan Dünya'da böylesine güçsüz oluşuna acıdım. Günün birinde gezegenine dönmeyi çok istersen, sana yardım edebilirim. Seni..."

"Yeter! Çok iyi anladım," dedi Küçük Prens, "ama neden hep böyle bilmece gibi konuşuyorsun?"

"Ben çözerim onların hepsini," dedi yılan.

Ve sustular artık.

— 18 —

Küçük Prens çölü geçti ve bir tek çiçeğe rastladı. Üç taçyapraklı bir çiçeğe, önemsiz bir çiçeğe...

"Günaydın," dedi Küçük Prens.

"Günaydın," dedi çiçek.

"İnsanlar nerede?" diye sordu terbiyeli terbiyeli Küçük Prens.

Çiçek, günlerden bir gün, bir kervanın geçişini görmüştü:

"İnsanlar mı? Altı yedi kişi kadar ya tutar, ya tutmazlar sanımca. Yıllar önce görmüştüm onları. Nerede bulunabilecekleri asla bilinmez. Rüzgâr alıp götürür onları. Köksüzdürler, bundan da çok kaygılanırlar."

"Hoşçakal görüşmemecesine," dedi Küçük Prens.

"Görüşmemecesine güle güle..." dedi çiçek.

— 19 —

Küçük Prens yüksek bir dağa çıktı. Dizlerine dek anca ulaşan üç yanardağı görüp bilmişti bir tek. Sönmüş yanardağı da tabure yerine kullanırdı. "Böylesine yüksek bir dağdan," dedi kendi kendine, "bir bakışta tüm gezegeni ve bütün insanları görebilirim..." Ama sivri kaya doruklarından başka bir şey göremedi.

"Günaydın," dedi rasgele.

"Günaydın... Günaydın... Günaydın..." diye karşılık verdi yankı.

"Kimsiniz?" dedi Küçük Prens.

"Kimsiniz... kimsiniz... kimsiniz..." diye karşılık verdi yankı.

"Dost olalım, çok yalnızım..." dedi Küçük Prens.

"Çok yalnızım... çok yalnızım... çok yalnızım..." diye karşılık verdi yankı.

"Ne biçim gezegen?" diye düşündü o zaman Küçük Prens. "Her yer kupkuru, her yer sipsivri, her şey dokunaklı. İnsanların da düş kurabilme yetileri yok. Ne deseniz tekrarlayıp duruyorlar... Gezegenimde bir çiçeğim vardı: İlk o konuşurdu hep..."

— 20 —

Böylece, kumlar, kayalar ve karlar arasında uzun zaman yürüdükten sonra, kendine bir yol buldu Küçük Prens. Yolların tümü de insanların oturduğu yerlere varır.

"Günaydın," dedi.

Baştan sona gül açmış bir bahçedeydi.

"Günaydın," dedi güller.

Küçük Prens onlara baktı. Hepsi de kendi çiçeğine benziyordu.

"Kimsiniz?" diye sordu onlara, şaşkın şaşkın.

"Gülleriz," dedi güller.

"Ya!" dedi Küçük Prens.

Ve kendini çok mutsuz hissetti. Çiçeği, kendi türünün evrende bir eşi daha bulunmadığını söylemişti Küçük Prens'e. Ama işte beş bin tanesi bir aradaydı, hepsi bir örnek, hepsi bir tek bahçede!

"Durumu görseydi," diye düşündü Küçük Prens, "çok incinecekti... üstüne varılmasın diye ölecekmiş gibi boğularaktan öksürürdü artık. Ben de özenle bakmak zorunda kalırdım, yoksa, gerçekten ölmeye kalkışırdı..."

Her yer kupkuru, her yer sipsivri, her şey dokunaklı.

Sonra da şöyle dedi kendi kendine: "Eşsiz bir çiçeğim var diye kendimi zengin sanırdım, sıradan bir gülle yetineceğim hiç aklıma gelmemişti. Sıradan bir gül, dizlerime anca ulaşan üç yanardağ, üstelik biri, belki de tümden sönmüş; bunlarla büyük prens olamam ki..." Sonra çimenlere uzandı, ağlamaya koyuldu.

— 21 —

İşte o sırada tilki çıkageldi:

"Günaydın," dedi tilki.

"Günaydın," diye terbiyeli terbiyeli karşılık verdi Küçük Prens, geri dönüp de kimseleri göremeden.

"Buradayım," dedi ses, "elma ağacının altında."

"Kimsin sen?" diye sordu Küçük Prens. "Pek hoşsun."

"Bir tilkiyim," dedi tilki.

"Gel birlikte oynayalım," diye önerdi Küçük Prens. "Anlatamayacağım kadar üzgünüm..."

"Seninle oynayamam," dedi tilki. "Evcilleştirilmiş değilim."

"Ya! Bağışla," dedi Küçük Prens.

Ama, bir an düşündükten sonra, kendini tutamadı:

"'Evcilleştirmek' ne demek?"

"Buralı değilsin besbelli," dedi tilki, "ne arıyorsun burada?"

"İnsanları arıyorum," dedi Küçük Prens. "'Evcilleştirmek' ne demek?"

"İnsanlar," dedi tilki, "tüfekleri vardır onların, avlanırlar. İğrenç bir şeydir bu! Bir de tavuk yetiştirirler. Tek kaygıları budur. Tavukları mı arıyorsun?"

"Hayır," dedi Küçük Prens. "Kendime dost arıyorum. 'Evcilleştirmek' ne demek?"

"Çoktan unutulmuş bir şey," dedi tilki. "'Bağlar kurmak' anlamına gelir…"

"Bağlar kurmak mı?"

"Evet, evet," dedi tilki. "Sözgelimi sen, benim için hâlâ, yüz bin çocuktan birisin. Sana ihtiyacım da yok. Senin de bana ihtiyacın yok. Sözgelimi ben, senin için hâlâ, yüz bin tilkiden biriyim. Ama, beni evcilleştirirsen, birbirimize ihtiyacımız olur. Benim için dünyada bir tek sen varsındır artık. Senin için dünyada bir tek ben varımdır artık…"

"Anlar gibiyim," dedi Küçük Prens. "Bir çiçek var… beni evcilleştirmişti sanırım…"

"Olabilir," dedi tilki. "Her şey olabilir şu yeryüzünde."

"Öyle değil! Dünya'da değil," dedi Küçük Prens.

Pek ilgilenmişti tilki :

"Başka bir gezegende mi?"

"Evet."

"O gezegende de avcılar var mı?"

"Hayır."

"Bak bu çok ilginç! Ya tavuklar?"

"Hayır."

"Hiçbir işin doğru yürüdüğü görülmemiştir," diye söylendi tilki.

Ama hemen kendi konusuna döndü:

"Tekdüzedir hayatım. Ben tavukları avlarım, insanlar da beni avlar. Bütün tavuklar birbirine benzer, bütün insanlar da birbirlerine benzer. Doğrusu azıcık sıkılıyorum. Ama sen beni evcilleştirirsen, hayatım tepeden tırnağa ışıkla donanacak. Öbürlerinden ayırt edebileceğim bir ayak sesi olacak artık. Öbür ayak seslerini duydum mu, inime kaçarım. Seninkileri duyunca, tatlı bir ezginin büyüsüne kapılmış gibi, inimden çıkacağım. Sonra bak! Buğday tarlalarını görüyor musun, orada işte? Ben ekmek yemem. Benim için buğday yararsızdır. Hiçbir şeyi çağrıştırmaz bana buğday tarlaları. Çok acı bu! Ama altın alacasında saçların var senin. Beni evcilleştirdiğinde olağanüstü bir şey olacak! Altınla yaldızlanmış buğday, bana seni anımsatacak. Başaklardan gelen yel hışırtısını sevebileceğim..."

Tilki sustu ve uzun uzun baktı Küçük Prense:

"Yalvarırım... evcilleştir beni!.." dedi.

"İsterim elbette," diye yanıtladı Küçük Prens. "Ama çok zamanım yok. Dostlar edinmeliyim, birçok şey öğrenmeliyim."

"Bir tek evcilleştirdiğin şeyleri öğrenebilirsin," dedi tilki. "İnsanların başka şey öğrenmeye vakitleri yok artık. Her şeyi hazır alıyorlar satıcılardan. Satıcılar satmadığından, dostları da yok artık insanların. Bir dostun olmasını istiyorsan, evcilleştir beni!"

"Ne yapmak gerekli?" dedi Küçük Prens.

"Çok sabırlı olmak gerekir," diye karşılık verdi tilki. "Önce benden azıcık ötede duracaksın, işte böyle, çayırda kalacaksın. Sana gözucuyla bakacağım ve hiçbir şey söylemeyeceksin. Sözcükler yanlış anlamanın kaynağıdır. Ama her gün biraz daha yakınıma gelebilirsin..."

Ertesi gün yine geldi Küçük Prens.

"Her gün aynı saatte gelsen daha iyi olacak," dedi tilki. "Sözgelimi, öğleden sonra, saat dörtte gelirsen, ben daha üç sularında mutlu olmaya başlarım. Saat ilerledikçe, mutluluğum daha bir çoğalacak. Dört oldu muydu, yüreğim çarpacak, yerimde duramaz olacağım: Sonunda mutluluğum ödüllenecek? Ama öyle aklına estiğinde gelirsen, sana hangi saatte gönlümü hazırlayacağımı bir türlü bilemem... Törene saygı gerek."

"Tören nedir?" dedi Küçük Prens.

"Bu da çoktan unutulmuş bir şey," dedi tilki. "Bir günü öbür günlerden, bir zamanı öbür zamanlardan ayıran bir şey. Sözgelimi, benim avcıların şöyle bir töreni vardır: Perşembeleri kasabalı kızlarla dans ederler. Tabii en güzel gündür perşembe! Üzüm bağlarına dek gezinirim. Ama avcılar öyle akıllarına estiğinde dans etmeye kalkışsalardı, bütün günler birbirine benzeyecek, benim de hiç eğlenecek zamanım olmayacaktı."

"İnsanlar," dedi tilki, "tüfekleri vardır onların, avlanırlar."

Sonunda Küçük Prens tilkiyi evcilleştirdi. Ayrılık saati yaklaşınca,

"Sözgelimi, öğleden sonra, saat dörtte gelirsen, ben daha üç sularında mutlu olmaya başlarım."

Sonra çimenlere uzandı, ağlamaya koyuldu.

"Ah!" dedi tilki. "Ağlayacağım..."

"Suç sende," dedi Küçük Prens, "kötü bir şey yapmak istemedim sana, sen istedin evcilleştirmemi..."

"Hiç kuşkun olmasın," dedi tilki.

"Ama ağlamak üzeresin!" dedi Küçük Prens.

"Hiç kuşkun olmasın," dedi tilki.

"Öyleyse hiçbir şey veremedim sana!"

"Vermez olur musun!" dedi tilki, "buğdayların alacasını unutma."

Sonra ekledi:

"Git bir daha bak güllere. Seninkinin şu yeryüzünde eşsiz olduğunu anlayacaksın. Sonra gel kucaklaşalım, bir giz armağan edeceğim sana."

Güllere bir kez daha bakmaya koştu gitti Küçük Prens:

"Benim gülüme hiç benzemiyorsunuz, daha tek bir özelliğiniz yok!" dedi onlara. "Kimse bir gönül bağı kurmadı sizinle, siz de bir gönül bağı kurmadınız kimseyle. Eskiden tilkim neyse, öylesiniz. Yüz bin tilkiden biriydi yalnızca. Ama ben onu dost edindim kendime, şimdi benim için bir eşi yoktur şu yeryüzünde."

Güller bayağı utanmışlardı.

"Güzelsiniz, ama boşsunuz," dedi onlara bu kez. "Sizin için can verilmez. Herhangi bir yolcu, benim gülümü görecek olsa, size benziyor sanır tabii. Ama o, tek başına, ben sulayıp yeşerttiğime göre, hepinizden daha değerli. Cam kavanozun altına ben koyduğuma göre. Ben paravanla örttüğüme göre. Ben öldürdüğüme göre tırtılları (kelebek olacak iki üçü dışında tabii). Yakındığında, kendini övdüğünde, ya da kimi zaman susup konuşmadığında hep ben dinlediğime göre. Benim gülüm olduğuna göre."

Sonra tilkinin yanına döndü:

"Hiç unutma beni," dedi.

"Hiç unutma beni," dedi tilki. "İşte söyleyeceğim giz. Yalın bir şey: yürekle bakıldığında görülür bir tek. Göz göremez özdenliği."

"Göz göremez özdenliği..." diye tekrarladı hiç unutmamak için Küçük Prens.

"Gülünü yüce kılan, ona verdiğin emektir."

"Gülüme verdiğim emektir..." dedi bu sözü hep anımsamak isteyen Küçük Prens.

"İnsanlar bu gerçeği unuttular," dedi tilki. "Ama sen unutmamalısın. Ölünceye dek sorumlusun gönül bağı kurduğun her şeyden. Sen sorumlusun gülünden..."

"Ben sorumluyum gülümden..." diye tekrarladı hiç unutmamak için Küçük Prens.

— 22 —

“Günaydın,” dedi Küçük Prens.

“Günaydın,” dedi demiryolu makasçısı.

“Ne yapıyorsun burada?” dedi Küçük Prens.

“Yolcuları biner biner bölüklere ayırıyorum,” dedi demiryolu makasçısı. “Onları taşıyan trenleri bir sağa gönderiyorum, bir sola.”

O sırada ışıl ışıl bir hız katarı, makasçı kulübesini sarsaraktan, gök gürlüyormuşçasına geçip gitti.

“Bu ne hız böyle?” dedi Küçük Prens. “Ne yapacaklar ki?”

“Makiniste sorsan, o da bilmez,” dedi demiryolu makasçısı.

Birden, ikinci bir hız katarı, ışıl ışıl, ters yönden gelip gürleyerek gitti.

“Geri mi dönüyorlar?” diye sordu Küçük Prens.

“Onlar değil bunlar,” dedi demiryolu makasçısı. “Biri gidiyor, öbürü geliyor.”

“Bulundukları yerden pek hoşlanmamışlar herhalde?”

“Hiç kimse bulunduğu yerden hoşlanmaz,” dedi demiryolu makasçısı.

Derken üçüncü hız katarı, ışıl ışıl, gökleri gürleterekten geçip gitti.

“Bunlar ilk trenin yolcularını mı kovalıyorlar?” diye sordu Küçük Prens.

“Hiçbir şeyi kovaladıkları yok,” dedi demiryolu makasçısı. “İçeride uyuyorlar, ya da esneyip duruyorlardır. Bir tek çocuklar, burunlarını cama dayarlar.”

“Bir tek çocuklar ne yapacaklarını bilirler,” dedi Küçük Prens. “Bir bez bebek için göz nuru dökerler, onların her şeyidir artık bez bebek, ellerinden almaya kalkışırsan, bu kez gözyaşı dökerler.”

“Ne mutlu onlara,” dedi demiryolu makasçısı.

— 23 —

“Günaydın,” dedi Küçük Prens.

“Günaydın,” dedi satıcı.

Susuzluk giderici hapların satıcısıydı bu. Haftada bir hap alındı mı, susuzluk diye bir şey kalmıyordu geriye.

“Bunları neden satıyorsun?” diye sordu Küçük Prens.

“Vakitten kazanılsın diye,” dedi satıcı. “Uzmanlar ölçüp biçtiler. Haftada elli üç dakika kazanılıyor.”

“Bu elli üç dakikada ne yapılır ki?”

“Gönlün ne çekerse...”

“Ben,” dedi Küçük Prens kendi kendine, “gönlümün çektiğince harcayacak elli üç dakikam olsaydı, bir çeşmeye doğru ağır ağır yürürdüm...”

— 24 —

Uçağımın çölde bozuluşundan bu yana, sekizinci günümüzdeydik ve satıcının öyküsünü yedek suyumu son damlasına dek tüketirken dinlemiştim:

"Ah!" dedim Küçük Prens'e, "anılarının hepsi güzel de, hâlâ uçağımı onaramadım ama, içecek hiçbir şeyim yok, ben de bir çeşmeye doğru ağır ağır yürüyebilseydim, mutlu olurdum!"

"Dostum tilki..." dedi bana.

"Sevgili küçüğüm, tilkiden söz edecek sıra değil artık!"

"Niçin?"

"Susuzluktan ölmek üzereyiz..."

Hak vermedi bana, şöyle dedi:

"Ölürken bile, bir dostun olması iyidir. Ben, bir tilki dostum olduğu için çok göneniyorum..."

Tehlikenin büyüklüğünü ölçemiyor, dedim kendi kendime. Ne acıktığı var, ne susadığı. Biraz güneş yetiyor ona...

Ama yüzüme baktı ve düşündüklerimi kavradı:

"Ben de susadım... haydi, bir kuyu arayalım..."

Umutsuzlukla kıpırdandım: çölün sonsuzluğunda, rasgele bir kuyu aramak saçmaydı. Öte yandan yola koyulmuştuk bile.

Böyle saatlerce, sessizliğin ortasında yürüyüp giderken gece çöktü, yıldızlar ışıldamaya başladı. Bir düşte gibi görüyordum onları, susuzluktan biraz ateşim çıkmıştı. Küçük Prens'in sözcükleri belleğimde dönüp duruyordu:

"Sahi, sen de susadın mı?" diye sordum ona.

Ama sorumu yanıtlamadı. Yalnızca şöyle dedi:

"Su gönlü de serinletebilir..."

Yanıtının anlamını kavrayamadım ama, ağzımı açıp bir şey söylemedim... Ona bir şey sormanın gereksizliğini biliyordum.

Yoruldu. Oturuverdi. Ben de yanına oturdum. Bir süre sessizlikten sonra, şöyle deyiverdi:

"Göremediğimiz bir çiçek güzelliyor yıldızları..."

"Evet," diye yanıtladım ve konuşmaksızın, ayışığındaki kum tepeciklerine baktım.

"Çöl de güzel," diye ekledi.

Öyleydi gerçekten. Hep sevmişimdir çölü. Bir kumula çökersiniz. Hiçbir şey görülmez. Hiçbir şey işitilmez. Öte yandan bir şeyler ışıldar sessizlikte...

"Çölü güzelleyen," dedi Küçük Prens, "bir köşesinde bir kuyunun saklı oluşudur..."

Kumdaki gizemli ışıltıyı birdenbire anlamam beni şaşkına çevirmişti. Çocukken eski bir evde otururdum, söylentiye göre bir hazine gizliydi bu evde. Tabii, hiç kimse bulamamıştı onu, belki aramamışlardı bile. Ama bütün evi büyüleyen de oydu. Evim bir giz saklıyordu yüreğinin derinliklerinde...

"Evet," dedim Küçük Prens'e, "ev olsun, yıldızlar ya da çöl olsun, tümü de bir gize borçludur güzelliklerini!"

"İşte buna sevindim," dedi, "tilkimle aynı düşünceyi paylaştın sonunda."

Küçük Prens uykuya dalar dalmaz, kollarımın arasına aldım onu ve yola koyuldum. Tutkuluydum. Sırçadan bir hazine taşıyormuşum gibi geliyordu bana. Dünya'da daha kolay kırılacak hiçbir şey yokmuş gibi geliyordu bana. Ayışığında bu solgun alna, bu kapalı gözlere, bu rüzgârla uçuşan perçemli saçlara bakıyor ve şöyle diyordum kendime: "Yalnızca dışvarlığını görüyorum ben. En önemlisi yüreğinde gizli..."

Yarı aralık dudaklarında belli belirsiz bir gülümseme gezindiğinde şöyle diyordum kendi kendime hâlâ: "Şu uyuyan Küçük Prens'ten daha çok ne etkileyebilir beni; bir çiçeğe duyduğu bağlılıktan başka, uyurken bile bir kandilin alevi gibi yüreğinde aydınlanan bir gül imgesinden başka ne etkileyebilir beni..." Şimdi büsbütün sırçadanmış gibi geliyordu bana. İyice korumak gerekir kandilleri: bir esimlik rüzgârla sönüverirler...

Ve böylece, yürüye yürüye, gün doğarken kuyuya ulaştım.

Gülüverdi, ipi çekerek çıkrıkla oynamaya başladı.

— 25 —

"İnsanlar," dedi Küçük Prens, "hız katarlarında gidip geliyorlar, ama ne aradıklarını bir türlü bilemiyorlar. Bu yüzden de koşuşturup duruyorlar..."

Sonra ekledi:

"Bunca çabaya değse yüreğim yanmaz..."

Vardığımız kuyu, sahra kuyularına benzemiyordu. Çöl kuyuları, kumun içine kazılmış basit deliklerdir. Bizimki daha çok bir köy sarnıcına benziyordu. Oysa burada köy falan yoktu, düş gördüğümü sanıyordum neredeyse.

"Garip doğrusu," dedim Küçük Prens'e, "her şey hazır: çıkrık, kova, ip..."

Gülüverdi, ipi çekerek çıkrıkla oynamaya başladı. Çıkrık da yelin oynaşmayı çoktan unuttuğu eski püskü bir fırıldak gibi gıcırdamaya başladı.

"Duyuyor musun," dedi Küçük Prens, "kuyuyu uyandırdık, şarkı söylüyor..."

Boşu boşuna yorulmasını istemiyordum:

"Bana bırak bu işi," dedim, "sana ağır gelir."

Kuyu bileziğine dek yavaşça çektim kovayı. Dengeyi sağlayarak dayadım. Kuyunun şarkısı kulaklarımda yankılanıp duruyordu; kıpırdaşan suda güneşin de kıpırdandığını görüyordum.

"İşte bu suya susadım," dedi Küçük Prens, "ver de içeyim..."

Neyi aradığını kavramıştım sonunda.

Kovayı dudaklarına dek kaldırdım. Gözleri kapalı içti. Bir şenlik sevinci yaşanıyordu sanki. Herhangi bildik bir içkiden çok başkaydı bu su. Yıldızlar altındaki yürüyüşümüzden, çıkrığın şarkısından, kollarımın gücünden kaynaklanmıştı. Bir armağan gibi su serpiyordu yüreğimize. Çocukluğumda Noel ağacının aydınlığı, geceyarısı yakarışının ezgisi, gülümseyen yüzlerin sevecenliği, bütün bunların hepsi aldığım Noel armağanını daha bir başka ışıldatırdı.

"Senin oradaki insanlar," dedi Küçük Prens, "beş bin gülü bir tek bahçede yetiştiriyorlar... yine de aradıklarını bulamıyorlar..."

"Bulamıyorlar..." diye yanıtladım.

"Öte yandan aradıkları tek bir gülde ya da bir damla suda bulunabilir..."

"Öyle..." diye karşılık verdim.

Sonra şunları ekledi Küçük Prens:

"Ama kördür gözler. Yürek yordamıyla aramalı."

Doymuştum suya. Soluklanmıyordum artık. Gündoğumunda kum, bal rengindedir. Bal renginden de göneniyordum. Ama içimdeki sıkıntının nedeni neydi...

"Sözünü tutmalısın," dedi bana yavaşça Küçük Prens, daha bir yanıma oturarak.

"Hangi sözümü?"

"Bilirsin... koyunum için bir ağızlık... çiçekten ben sorumluyum."

Cebimden resimlerimin taslaklarını çıkardım. Küçük Prens gördü onları ve şöyle dedi gülerek:

"Senin baobabların azıcık lahanaya benziyor..."

"Deme!"

Oysa ben, ne denli övünüyordum baobablarımla!

"Tilkin... kulakları... azıcık boynuza benziyor bunlar... üstelik çok uzun!"

Gülmesini sürdürdü.

"Haksızlık ediyorsun, sevgili küçüğüm, kapalı boalarla açık boalar dışında bir şey çizmeyi bilmezdim ki ben."

"Boş ver! Her şey yolunda," dedi, "çocuklar anlar nasıl olsa."

Kurşunkalemle bir ağızlık çizdim. Ona verirken yüreğim burkulmuştu adamakıllı:

"Bilmediğim tasarıların var herhalde..."

Ama sorumu yanıtlamadı. Şöyle dedi bana:

"Biliyor musun, yarın... yeryüzüne inişimin yıldönümü..."

Kısa bir suskunluktan sonra şunları da söyledi:

"Tam buraya inmiştim..."

Al basmıştı yüzünü.

Şimdi, nedenini kestiremediğim bir acı sarmıştı yüreğimi. Bu kez de ben sordum:

"Öyleyse, sekiz gün önce, burada, en yakın konak yerinden bin mil uzakta, yapayalnız dolaşırken rastgele karşılaşmadık seninle! İniş noktana geri mi dönüyordun?"

Al aldı yüzü yine Küçük Prens'in.

Bense duraklayarak ekledim:

"Belki de, inişinin yıldönümü dolayısıyla?.."

Yeniden al bastı Küçük Prens'in yüzünü. Soruları yanıtlamazdı hiç; ama yüzümüzü al basması, "Evet," demek değil midir?

"Yoksa," dedim ona, "korkuyorum..."

Ama bu kez yanıtladı beni:

"Şimdi sen çalışmalısın. Uçağının başına dönmelisin. Seni burada bekleyeceğim. Yarın akşam gel..."

Ama içim rahat değildi. Tilkiyi anımsıyordum. Gönül bağı kurdunuz mu, gözyaşı da akıtacaksınız demektir...

— 26 —

Kuyunun yanında eski bir taş duvar kalıntısı vardı. Ertesi akşam, işimin başından döndüğümde, uzaktan, Küçük Prens'i onun üzerine oturmuş, bacaklarını sallar gördüm. Konuştuğunu işittim:

"Anımsamıyor musun?" diyordu. "Tam burası değildi!"

Konuşmasını sürdürdüğüne göre, bir başka ses de yanıtlamış olmalıydı onu:

"Evet! Evet! Bugün olsun, ama burada değil..."

Duvara doğru yürümemi sürdürdüm. Ama kimseleri görüp işitemiyordum. Beri yandan Küçük Prens konuşup duruyordu:

"...Oldu. Ayak izlerimin başladığı yeri göreceksin kumda. Tam orada bekle beni. Bu gece geleceğim oraya."

Yirmi metre ötesindeydim duvarın, hâlâ kimseleri göremiyordum.

Bir suskunluktan sonra Küçük Prens yine konuştu:

"Ustaca ağulayacak mısın? Acı çektirmezsin, değil mi?"

Çarpan bir yürekle kalakaldım, hiçbir şey anlayamamıştım hâlâ.

"Haydi şimdi çek git!" dedi, "inmek istiyorum!"

O zaman duvarın dibine baktım ve birden tüylerim diken diken oldu! Orada, Küçük Prens'in karşısında, insanı otuz saniyede öldüren sarı yılanlardan biri duruyordu. Tabancamı çekmek için elimi cebime attığımda, bir yandan da koşar adım yaklaşıyordum duvara, ama, gürültümü sezinleyen yılan, iyi sıkıştırılmamış bir fıskiyenin son damlacıkları gibi fışkırarak, yavaşça akıp gitti kumda, ince bir cızırtıyla taşların arasına kaçtı.

Duvar dibine geldiğimde, sevgili, iyicil prensim, kar gibi bembeyaz, kollarımın arasına düştü.

"Bu da ne demek! Şimdi de yılanlarla mı söyleşiyorsun!"

Boynundan hiç çıkarmadığı altın sarısı atkıyı çözdüm. Şakaklarını ıslattım, su içirdim ona. Artık bir şey soracak gücüm kalmamıştı. Kaygılı kaygılı baktı yüzüme, kollarını boynuma doladı. Kurşun yarası almış, ölümcül bir kuşunki gibi çarpan yüreğinin sesini duyuyordum. Şöyle dedi bana:

"Uçağındaki aksaklığı bulmana sevindim. Yerine yurduna dönebileceksin..."

"Nereden biliyorsun sen!"

“Haydi şimdi çek git!” dedi, “inmek istiyorum!”

Gerçekten, ona, onarım işini, umulmadık biçimde başardığımı söylemeye gelmiştim!

Soruma karşılık vermedi yine, ama şunları söyledi:

"Ben de yerime yurduma dönüyorum bugün..."

Sonra yalnızlığını büsbütün algılamıştı:

"Ama çok uzaklara... çok güçlükle boğuşarak..."

Olağanüstü bir şeyin dönendiğini seziyordum. Kollarımın arasında küçük bir çocuk gibi tutuyordum onu, ama, sanki var gücüyle bir uçuruma sarkıyordu, bütün çabama karşın geri çekemiyordum...

Sanki çok ötelerden, dalgın, derin düşüncelere dalmış bakınıyordu:

"Senin koyunun var bende. Koyun için sandığı da aldım. Bir ağızlık da var yanımda...

Sonra karaduyuyla gülümsedi.

Bekledim uzun süre. Ağır ağır kendine geldiğini hissediyordum:

"Sevgili küçüğüm, korktun sen..."

Hiç kuşkusuz, korkmuştu! Ama sevecenlikle gülümsedi:

"Bu akşam daha çok korkacağım..."

Yeniden o çaresizlik duygusuyla soğuk terler dökmeye başladım. Bu gülüşü bir daha duymamak, duyamamak bir karabasandı benim için; çok iyi anladım bunu. Onun gülüşü çölde serin bir çeşmeydi benim için.

"Sevgili küçüğüm, yeniden gülüşünü duymak isterim..."

Ama şöyle karşılık verdi isteğime:

"Bu gece, bir yıl olacak. Yıldızım, geçen yıl indiğim yerin tam üstünde bulunacak..."

"Bu yılan öyküsü de, bu buluşma da, bu yıldız da kötü bir düş değil mi, sevgili küçüğüm?.."

Sorumu yanıtlamadı. Şunları söyledi:

"Unutulmazı göz göremez..."

"Öyle..."

"Çiçekte olduğu gibi. Eğer bir çiçeği seviyorsan, bir yıldızda yeşermişse o, güzeldir geceleri gökyüzüne bakmak. Bütün yıldızlar çiçek açar."

"Öyle..."

"Suda olduğu gibi. Bana sunduğun bir yudum su, çıkrıkla ipin yüzünden bir ezgi gibiydi... anımsıyor musun... ne güzeldi."

"Öyle..."

"Geceleyin gökyüzüne bakarsın. Yerim yurdum çok küçük olduğundan, nerede ışıdığını gösteremem sana. Böylesi daha iyi. Benim yıldızım, senin için yıldızlardan herhangi biri olacak. Bütün yıldızları gözlemek hoşuna gidecek böylelikle... Hepsi senin dostun olacak. Sonra bir armağan vereceğim sana..."

Bir kez daha gülümsedi.

"Ah! Sevgili küçüğüm, eşsiz dostum, ben bu gülümseyişi seviyorum!"

"İşte bu benim armağanım... bir yudum sudaki gibi..."

"Ne demek istiyorsun?"

"Herkesin kendine özgü bir yıldızı vardır. Yolculuk edenler için bir pusuladır yıldızlar. Başkaları için sönük bir ışık. Bilgiçler için çözülmesi gereken bir sorun. Benim işadamı için bir avuç altın. Ama yıldızlar yanıtlamaz onları. Sen, yıldızları herkesten başka görüp işiteceksin..."

"Ne demek istiyorsun?"

"Geceleyin gökyüzüne baktığında, onlardan birinde yaşadığıma göre, güldüğüme göre onlardan birinde, senin için bütün yıldızlar gülüşecek sanki. Senin gülmesini öğrenmiş yıldızların olacak!"

Bir kez daha gülümsedi.

"Avunabildiğinde (üzüntüler nasılsa biter) beni tanıdığına sevineceksin. Hep dostum olacaksın benim.

Benimle gülmek isteyeceksin. Kimi zaman pencereni açacaksın, işte böyle, oralara bakınmak için... Seni gökyüzüne gülümseyerek bakınırken gören tanışların iyice şaşıracak. O zaman şöyle söyle onlara: 'Evet, yıldızlara bakıp bakıp gülerim ben!' Çıldırdığını sanacaklar, iyice güç durumda kalacaksın benim yüzümden..."

Güldü bir kez daha.

"Sanki sana, yıldızların yerine, gülmesini bilen bir dolu küçük çıngırak vermişim gibi..."

Yeniden güldü. Sonra boynu büküldü:

"Bu gece... hani hiç gelmesen."

"Seni bırakmayacağım."

"Acı çekiyormuş gibi olacağım... ölecekmişim gibi. Böyle olacak işte. Gelme hiç, görüp de ne olacak..."

"Seni bırakmayacağım."

Ama kaygılanmıştı artık.

"Sonra söylemedi deme... yılanın yüzünden. Seni sokmasın... Yılanlar kötüdür. Üstelik benimki, eğlenmek için de sokar..."

"Seni bırakmayacağım."

Birden bir şey anımsamışçasına rahatladı:

"Neyse, bir soktu muydu artık kimseleri bir daha ağulayamaz yılanlar."

O gece yola çıkışını göremedim. Sessizce gizlenmişti. Yetiştiğimde hızlı, kararlı yürüyordu. Yalnızca şunu söyledi bana:

"Geldin, demek!.."

Elimden tuttu. Ama hâlâ kaygılanıyordu:

"İyi etmedin. Acı çekeceksin. Ölecekmiş gibi olacağım, oysa gerçek değil bu..."

Susuyordum.

"Anlıyor musun. Çok uzak orası. Bu gövdeyle erişemem. Çok ağır."

Susuyordum.

"Tıpkı bırakılmış eski bir deniz kabuğu gibi. Kim üzülür eski deniz kabukları için..."

Susuyordum.

Cesareti kırılmıştı biraz. Son bir güçle toparlandı:

"Bak, ne hoş olacak. Ben de yıldızlara bakacağım. Bütün yıldızlar çıkrığı paslı bir kuyu olacak. Bütün yıldızlar susuzluğumu giderecek..."

Susuyordum.

"İyice eğlenceli olacak! Beş yüz milyon çıngırağın olacak senin, beş yüz milyon çeşmem olacak benim..."

Sonra o da sustu, ağlıyordu çünkü...

"İşte burası. Bırak, yalnız gideyim."

Korktuğu için yere çöktü. Şunları söyledi:

"Biliyorsun... çiçeğim var... ben sorumluyum ondan! Öylesine güçsüz ki! Öylesine küçük ki! Şu evrenle boğuşabileceği dört dikeninden başka nesi var..."

Ben de oturdum, ayakta kalacak gücümü yitirmiştim. Şöyle diyordu:

"İşte... Hepsi bu..."

Biraz daha durakladı, sonra ayağa kalktı. Bir adım attı. Ben kıpırdayamadım.

Ayak bileğinde sarı bir yıldırım çaktı, başka hiçbir şey olmadı. Bir an hareketsiz durakladı. Haykırmadı. Usulca, bir ağaç gibi yıkılıverdi. Kumlukta gürültü bile işitilmedi.

— 27 —

O günden bugüne, altı yıl geçti gitti... Daha kimselere anlatmadım bu öyküyü. Beni sapasağlam geri dönmüş gören tanışlar, çok sevindiler. Üzgündüm, ama onlara şöyle dedim: "Yorgunluk..."

Şimdi daha bir avundum. Ama... bütün bütüne değil. Gezegenine döndüğünü çok iyi biliyorum, çünkü, gün doğduğunda gövdesini bulamamıştım. Öyle ağır bir gövde değildi... Geceleyin yıldızları dinlemeyi seviyordum artık. Tıpkı beş yüz milyon çıngırak hepsi...

Ama garip bir iş oldu. Küçük Prens'e çizdiğim ağızlık var ya, bir kayış takmayı unutmuşum ona. Koyununu hiç bağlayamayacak. Kendi kendime soruyorum kimi zaman: "Gezegende ne olup bitti? Belki de koyun, çiçeği yedi..."

Kimi zaman şöyle diyorum: "Olamaz! Küçük Prens, her gece cam kavanozuyla örter çiçeğini, koyununu da gözden ırak tutmaz..." O zaman seviniyorum. Usulca gülümsüyor bütün yıldızlar.

Kimi zaman da şöyle diyorum: "Bir kez dalgınlık etmek yeter! Bir akşam, cam kavanozu örteceğini unuttu,

Usulca, bir ağaç gibi yıkılıverdi.

ya da koyun, geceleyin sessizce sıvıştı..." O zaman gözyaşına dönüşüyor bütün çıngıraklar!..

İşte içinden çıkılmaz bir giz. Küçük Prens'i benim gibi seven sizler için de, şu evrende bir yerde hiç tanımadığınız bir koyun bir gülü yemişse, tıkınmışsa çok şey değişir, değil mi...

Bakın gökyüzüne. Sorun kendi kendinize: koyun, çiçeği yedi mi, yemedi mi? Her şeyin değiştiğini göreceksiniz...

Bunun ne denli önemli olduğunu hiçbir büyük kavrayamayacaktır!

Bu, benim için, yeryüzünün en güzel ve en acı resmidir. Bir önceki sayfadaki görünümün eşidir, ama, hiç unutmamanız için, bir kez daha çizdim size onu. İşte burada belirdi ve sonra göğe çekildi Küçük Prens.

İyi bakın bu görünüme, bir gün Afrika'ya, çöle yolunuz düşerse, tanımadan geçip gitmeyin. Buralara ulaşmışsanız, yalvarırım size, hemen uzaklaşmayın, tam yıldızın altında bekleyin bir süre! Size doğru bir çocuk geliyorsa, gülüyorsa, altın saçları varsa, sorulduğunda karşılık vermiyorsa, anlayın ki odur. Yalvarırım incelik gösterin! Beni böylesine kederli bırakmayın: geri döndüğünü yazın bana...

Küçük Prens'ten ayrılırken

Selim İleri

1

Beyoğlu, 1950'lerin iyice sonu. Franguli'yi -lüks bir kuyumcu-, Sabuncakis'i -dönemin en gözde çiçekçisi-, Japon Mağazası'nı -biz çocukları büyüleyen oyuncakevi- geçiyoruz; Galatasaray'a yaklaşırken Doğan Kardeş Kitabevi!

Kış ortasıydı, ama lodoslu, ılık bir gün. Sonradan bu günü Sait Faik'in eşsiz "Kestaneci Dostum"da anlattığı İstanbul lodoslarına benzeteceğim. Doğan Kardeş Kitabevi'nden içeriye giriyoruz. Çeşit çeşit kitaplar.

Bir yılbaşı armağanı mıydı, galiba. Babam "Hangisini istiyorsun?" diyor. Büyük boy, ciltli, kapağında 'kaftan'lı bir sarışın çocuk; düşünceli, dalgın. Kapak resminin albenisine dayanamayarak *Küçük Prens*'i seçiyorum.

Antoine de Saint-Exupéry'nin *Küçük Prens*'iyle böylece tanışıyoruz. Bir kapak resmiyle.

Azra Erhat'ın çevirisi olduğunu gençlik yıllarımda öğreneceğim. Belleğim kandırmıyorsa, Ayşe Nur takma adıyla çevirmiş. Yıllar sonra, değerli Azra Erhat "Benim çevirimdi" diyecek.

Pek bir şey anlamayarak, gelgelelim hep üzülerek, *Küçük Prens*'i defalarca okuyacağım...

2

Atatürk Erkek Lisesi'nde Fransızca öğretmenimiz Vedat Günyol'un Bostancı'daki evindeyiz. Bodrum katı, küçük bir bahçeye açılıyor, yukarda, duvarın gerisinde tren yolu, sık sık ve evi sarsa sarsa trenler geçiyor. Lise sondayız. Hocamızın binlerce kitabına bakıyoruz.

Yıpranmış, cep boyu, yayınevini şimdi hatırlayamadığım *Le Petit Prince*'i bu kitaplıkta buluyorum. "Bence çocuklar için yazılmamıştır. Çocuksuluğunu yitirmemişler için yazılmış düzyazı bir şiirdir," diyor Vedat Hoca. Akşamüstü; çay içiliyor.

Tam o günlerde Cemal Süreya'yla Tomris Uyar'ın *Küçük Prens* çevirileri yayınlanıyor; büyük bir şair, etkisi altında kaldığım bir hikâyeci. Kıskanarak okuyorum çeviriyi, *Küçük Prens*'i bir kez daha.

3

Küçük Prens'i birçok arkadaşıma armağan ediyorum.

Okudular mı? Son 'sahne'ler için üzüldüler mi?

Sormuyorum; onlar da bir şey söylemiyorlar zaten...

4

Attilâ İlhan, Bilgi Yayınevi'nde genel yayın yönetmeni. Bir gün Ankara'dan telefon ediyor, "Arkadaş, *Küçük Prens*'i bize çevirir misin?" diye soruyor. Cemal Süreya'yla Tomris'in çevirisini soruyorum. Attilâ Ağbi, "Başka yayınevine verdiler," yanıtıyla yetiniyor.

Uzun süre düşünmüştüm. Ama o sonsuz isteği durduramıyordum. Korka korka ilk tümceler: "Bu kitabı kocaman bir adama... hem aç, hem üşüyor... Bütün büyük insanlar eskiden..."

Arkası gelecek artık, uçsuz bucaksız kaygılar da gelecek: Antoine de Saint-Exupéry'nin 'ses'ini yakalayabildim mi?..

La Citadelle'i çeviri sırasında okuyorum. Bu eserin görkemli ayrıntı zenginliği, çözümleme gücü karşısında irkilip kalıyorum. Bütünü dilimize ne yazık ki hâlâ kazandırılmamış *La Citadelle, Kale* bence bir *Küçük Prens*'tir.

5

Küçük Prens çevirime en büyük armağan İnci Enginün'ün, *Cumhuriyet Dönemi Türk Edebiyatı* kitabında:

"*Selim İleri'nin tek çevirisi A. de Saint-Exupéry'den* Küçük Prens*'tir. Bu büyük eserin seçilmesi, ikiyüzlülüklerden tiksinen, görünenin ardını araştırmaktan veya kurcalamaktan hiç vazgeçmeyen bir karakteri de ortaya koyar gibi geliyor bana. Küçük Prens büyüklerin dünyasında, bir sürü saçmalığı ciddi görünüşleriyle yapan ve onları ciddi sananları sarsan bir cindir. Selim İleri de özellikle son eserlerinde, önce toplumda sonra da edebiyat ve kültür hayatında aynı işlevi yüklenmiş bir yazar olarak, o unutulmaz büyük 'Prens Prens'i andırmaktadır.*"

EVEREST'teki diğer Resimli Hikâyeler

Buket Uzuner
BİR YILBAŞI HİKÂYESİ

OLMAYAN ÜLKE
AHMET ÜMİT
MASAL
§

ağaç
Jean
Giono
diken
adam
Türkçesi Didem Nur Güngören
İllüstrasyon Oğuz Demir
ÖYKÜ